ベリーズ文庫

塩対応な魔法騎士のお世話係はじめました。ただの出稼ぎ令嬢なのに、重めの愛を注がれてます!?

瑞希ちこ

STARTS
スターツ出版株式会社

目次

塩対応な魔法騎士のお世話係はじめました。ただの出稼ぎ令嬢なのに、重めの愛を注がれてます!?

登場人物紹介
Characters
お仕事中毒な魔法騎士
✦リベルト✦
魔法騎士団のエリート副団長。
集中すると寝食を忘れ
仕事に没頭してしまうのが玉に瑕。
世話係を疎ましく思っていたけれど、
いつも明るく前向きなフィリスに
興味を持ち始め…？
リベルトのお世話係
✦フィリス✦
持ち前の世話好きな性格を買われ、
魔法騎士団に雇われた出稼ぎ令嬢。
植物回復魔法を使うことができるが、
元婚約者に馬鹿にされていたため、
自分の魔法に対して
少しコンプレックスがある。

塩対応な魔法騎士のお世話係はじめました。

ただの出稼ぎ令嬢なのに、重めの愛を注がれてます!?

魔法騎士団の団長

✦アルバ✦

人望が厚く豪快な性格。いずれはリベルトを団長に…と思っているが、今の生活スタイルでは難しいため彼を支えてくれるお世話係を探していた。

シスコン気味な兄

✦ジェーノ✦

フィリスがほんの少し髪を切ったことにも目敏く気づくほど彼女を溺愛する。幼少期から体が弱く、父とともに画家として生計を立てている。

魔法騎士団の苦労人

✦エルマー✦

いつも冷静な指揮官。仕事に没頭するあまり周りが見えていないリベルトの暴走を止めたり、フィリスの仕事に付き合ったりと面倒見が良い。

フィリスの元婚約者

✦ラウル✦

長年フィリスと婚約していた伯爵令息。夜遊びを覚え、一方的に婚約破棄を告げる。フィリスの植物回復魔法を「劣化魔法」と馬鹿にしていた。

塩対応な魔法騎士のお世話係はじめました。
ただの出稼ぎ令嬢なのに、
重めの愛を注がれてます!?

1　このたび婚約破棄をされました

フィリスの実家であるキャロル男爵《だんしゃく》家は、王都の中心部からは少し離れた場所にひっそりと屋敷を構えている。限りなく辺境地に近い場所に佇むこの古びた石造りの屋敷は緑に囲まれ、庭に出れば風が花の香りを連れてきてくれる。

そんな屋敷の一室で、フィリスは袋に入った氷を新しいものに入れ替えていた。

「お兄様、大丈夫？」

「ああ。だいぶよくなったよ。ありがとう」

兄のジェーノが風邪《かぜ》を引いて三日目。フィリスは仕事以外の時間を、ほぼ看病に費やした。そのおかげか、ジェーノの体調は回復に向かっている。

（よかった。顔色もよくなってるわ）

熱さましのために用意した氷も、この調子でいけば必要なくなるだろう。

「いつもごめんねフィリス。自分でも嫌になるよ、この病弱な体質が」

ジェーノは上半身だけむくりと起き上がると、申し訳なさそうに眉を下げて謝った。

「謝ることないわ。体がつらくて大変なのはお兄様でしょう？　それに、お仕事とはいいえ、大好きな絵を描くこともできないなんて気の毒だわ。むしろ、代わってあげられなくてごめんなさい」

「……僕の妹はなんて優しく健気《けなげ》なんだ。フィリスが風邪を引いたら、僕に移していいからね。人に移せば早く治るって言うだろう」

「それだと代わってあげる意味ないじゃない」

ふふ、とフィリスが笑うと、ジェーノがなにかに気づいたように目を見開いた。

「あれ。フィリス、髪の毛切った？」

フィリスの白銀のロングヘアが、数センチ短くなっていたのだ。

「ええ。ちょっと気分転換。っていっても、ほとんど変わってないんだけど。それに気づくとはさすがお兄様ね」

「当たり前だ。僕はフィリスが数ミリ前髪を切ったことにも気づくからね」

自慢げにジェーノが胸を張る。

ジェーノは自他共に認めるシスコンだ。唯一の兄妹であるフィリスがかわいくて仕方がないようで、幼い頃からフィリスを甘やかしまくっていた。両親がこの調子で恋人ができるのかと不満を漏らすほどだ。

「でも、髪を切って気分転換だなんて……まさかフィリス、失恋でもしたのかい？」

冗談で言ったつもりだったのだろう。フィリスにけろっと即答されて、ジェーノは二段階で驚いてしまう。

「失恋っていうか、婚約破棄といえば正しいかしら」

「こ、婚約破棄⁉　クレイ伯爵令息にか⁉」

「お兄様、あまり騒がないで。熱が上がってしまうわ！」

「落ち着いていられるか！　なぜそんなことに⁉」

今にもベッドから下りてきそうなジェーノを、フィリスは必死になだめた。

「なぜって、ラウル様が私のことを嫌いだからよ」

「そう言われたのか？」

「ええ。ラウル様、成人を迎えてから夜の遊びを覚えたみたい。歓楽街や大人の社交場でいろんな女性に会ったら、私がどれだけ地味でつまらないかを思い知ったそうよ」

フィリスが暮らすこのルミナリア王国では、十八歳をもって成人とされる。三年前に成人を迎えた元婚約者は、自分の知らないところで遊びまくっていたらしい。

フィリスは今年二十歳になる令嬢だが、歓楽街など足を踏み入れたこともなかった。


「そうなの」

「……えっ⁉　ええっ⁉」

そもそも、都会へ行く機会がないからだ。

「ふざけたことを……！　僕の大事なフィリスを傷つけるとは……！」

「だから落ち着いてお兄様。私は平気よ。でも……男爵家に負担をかけることに……」

「……フィリス。そんなのは気にするな。大丈夫。僕と父で支えていくよ」

落ち込むフィリスの髪にジェーノはすっと手を伸ばし、優しく撫《な》でる。その優しさが、フィリスの心にじーんと染みた。


ラウル・クレイは伯爵家の嫡男で、フィリスの元婚約者だ。年齢は二歳年上で、兄のジェーノと同い年。クレイ伯爵家は王都付近と辺境地にいくつか領地を所有しており、そのうちのひとつは、フィリスの住むキャロル男爵家の屋敷とそれほど距離がない。


フィリスの実家であるキャロル男爵家は、いわゆる領地を持たない貴族だ。

侯爵家の三男だった父はかろうじて男爵位を引き継ぎ、今は実家を継いだ長男が所有する最も辺境地に近い侯爵領に住まわしてもらっている。

父は自立の道を模索し、美術商として成功を収めた。芸術作品の売買や作家への支援を行う傍ら、自らも画家として仕事をしていた。

そんななか、フィリスがまだ十二歳の頃、フィリスの父が描いた絵をクレイ伯爵が気に入ったことで、急激にふたりの距離は近づいた。

身分差がありながらもよき友人となった父とクレイ伯爵は、互いの子供同士を婚約させることにした。言い出したのはクレイ伯爵からだったらしい。十四歳のときに婚約が決まり、そこから十九歳まで、フィリスはラウルの婚約者として過ごしていた——が、婚約中、ラウルから好意を感じたことは一度もなかった。

お茶会の場では常にフィリスに対する愚痴。華がない、好みの服を着ていない、お茶の好みが合わないなどなど、とにかくいちゃもんをつけてくる。

話しかけても無視をされるのは日常茶飯事。たまに参加する社交場では、フィリスではなくほかの令嬢とダンスを踊りだす始末。フィリスが段差につまずいたり、歩くのが少し遅かったりしただけで馬鹿でかいため息をつかれ、自分への嫌悪をあらわにしてくる……そんな人だった。

（親同士が決めた婚約だから、仕方ないわよね。ラウル様のタイプは私とは反対の女性なんだわ。ある意味、ラウル様もかわいそう）

ひどい扱いを受けても、そう思えば自然と怒りが湧いてこなかった。最初こそ傷ついて惨めで泣きたくもなったが、慣れとは怖いものだ。ラウルにどんな悪態をつかれても、どうでもよくなるのだから。

ついでにラウルは、フィリスの魔力についてもよく口を出してきた。

魔法は、すべての者が使えるわけではない。生まれつき体内に魔力を宿している者だけが、その力を使うことができる。しかもこれは遺伝ではなく、完全に生まれながらの性質で決められる。

フィリスは男爵家で、唯一の魔力持ちだった。クレイ伯爵が婚約を決めた理由に、この要因は大きかっただろう。

というのも、ラウルは魔力を持っていなかったのだ。クレイ伯爵とその妻は魔力持ちだったが、どちらもそんなに強い魔力を持たず、生活に使えるちょっとした火魔法や水魔法が使える程度だった。

魔法はそれを引き起こす力も種類も個人によって差がある。火、水、土、雷、風の五属性による魔力を用いた自然魔法、治癒に特化した治癒魔法、ほかにも防御に特化したものなど、とにかくバラバラだ。

フィリスの持つ魔力は、いわゆる〝回復魔法〟に関連するものだった。

だがその回復魔法は人間には効かず、植物のみに効く一風変わった魔力だった。畑や庭園を手入れする際に非常に役立つ稀《まれ》な魔力だが……世間からすると〝ハズレ〟扱いされるものだ。

なぜなら、せっかく魔法の中でも最高位に貴重で需要のある回復魔法なのに、人間を回復できないからである。

傷や病気の治療に特化する治癒魔法と、広範な状態異常や消耗の回復に対応する回復魔法。これらは人にも国にも重宝されており、使えるだけで将来は困らないと言われる〝大アタリ〟な魔法だ。

だが、フィリスは人間が回復対象でない。そのためラウルからもよく『お前の魔法は人に効かない劣化魔法』と言われていた。

そして時は過ぎ、フィリスが二十歳を目前に控え、そろそろ結婚かという時期に一方的に婚約破棄を告げられた。

フィリスはその日のことをよく覚えている。あの日は長雨がやっと上がり、温かな太陽の日差しが降り注ぐ日だった――。

その日、クレイ伯爵家の領地経営の手伝いをしていたフィリスは、いつものように魔力を活かした畑仕事をしていた。そこへ突然、ラウルが姿を現した。

場に似合わない高そうな衣服を身にまとい、けだるげに金色の髪の毛をかき上げながらため息をつくと、ラウルは吐き捨てるように言った。

『もう お前との関係を終わりにしたい』

『……と、いいますと？』

『僕は大人になって気づいたんだ。これまでどれだけ狭い世界で生きていたかを』

それからどうでもいいラウルの話を散々聞かされた。要約すると、遊びを覚えていろんな女性を知り、フィリスとの結婚が嫌になったという内容だ。

『お前とは今日限りで婚約破棄だ』

『はぁ……そうですか』

『恨むなよ』

恨むほどラウルに執着心もない。フィリスは『わかりました』とひとこと告げて、またイモの苗の間引き作業を再開した。弱っている苗に魔法をかけながらふと顔を上げると、もう用はないはずなのに、なぜかラウルはその場から動かない。

『まだなにか？』

『え？　い、いや……お前、いつもこんなことまでしているのか？』

『畑仕事ですか？　はい。領民たちにもいろいろありますからね。これも仕事のうちですし。なによりここでは私の魔法が役立ちます』

フィリスの言葉を聞いて、ラウルは馬鹿にしたように鼻を鳴らした。

『ははっ！　こんなの、魔法を使わなくたって誰でもできるのにな。ちゃんと水をやっとけば作物が枯れることもないだろ。本当にお前の魔法はハズレだな！　目の前で見て痛感したよ。まぁでも、地味でぱっとしないお前にはぴったりだ』

（また始まったわ）

なにを言われても、今さらフィリスは動じない。もはやラウルの塩対応など心底どうでもいい。

『ラウル様は知らないかもしれませんが、作物を育てるのはそんなに簡単ではありませんよ。花を綺麗《きれい》に咲かせるのだって。反対側には水晶花《すいしょうか》の花畑があるのを知っていますか？　ここの領民たちも、管理になかなか手こずっているようです』

水晶花は、クレイ伯爵領の収入の三分の一ほどを支えている観賞用として人気の高い花だ。神秘的で透明感のある輝く花びらがとても美しい。

しかし虫や寒暖差に非常に弱く、領地民は生育に手こずっていたが、ここ数年はフィリスの回復魔法のおかげで安定して出荷ができていた。

『せっかくの機会なので、私からもひとつ伝えさせてください。ラウル様は領主としてもっと――』

『あうるさいな！　お前みたいな素人がいちいち口を出すな！　僕はお前のそうい

うおせっかいなところが嫌だったんだよ！』

ラウルが体調を崩したと聞くとすぐにお見舞いに駆けつけたり、彼が好物ばかり食べていたら健康を心配したり、ほかにもあれこれとフィリスは気にかけてきた。けれどラウルは『いちいち鬱陶しい！』と、大きな声でフィリスへのたまった不満をぶちまけた。

『……そうでしたか。いろいろとご迷惑おかけしました』

よかれと思ってしたことが、よけいにラウルの嫌悪感を刺激していたのだろう。頭を下げるフィリスに声をかけることもなく、ラウルはそのまま去っていった。

――これが、元婚約者と交わした最後のやり取りである。

（失恋したら髪を切るってなにかの本で読んで、勢いのまま心機一転のつもりで切ったけど……そもそもラウル様に恋したことなんてないから、失恋ではないのよね）

切っている途中にその事実に気づいたため、わずかしか切らずに終わった。

ジェーノが眠りについたのを確認すると、フィリスはそっと部屋を出る。

ちょうど廊下の窓拭きをしているメイドを見つけて、フィリスはそれを手伝うことにした。

「フィリス様はお休みになってください！」

「いいの。なにかしているほうが好きだから。それに窓拭きって思ったより腕が疲れるのよね。ひとりでやるのは大変でしょう？」

言いながら窓拭き用の柔らかな布を絞り終えてしまったフィリスを見て、メイドは眉を下げて笑った。

「……本当にフィリス様はお優しいですね。いつもそうやって、わたくしたちのお手伝いをしてくださるのですから」

「ふふ。好きでやってるって言ったでしょう。……あ、窓枠やレール部分も思いのほか汚れているわ。ついでにここも綺麗にしちゃおうっと」

通りがかっただけというのに、結局フィリスはそのまま気になった箇所をすべて掃除してしまった。

そうしてようやく階段を下りると、広間から両親の深刻そうな話し声が聞こえてきて足を止める。

「……婚約破棄はフィリスも納得してるようだし、問題なく書類の手続きを進めよう」

「でも、大丈夫なの？　婚約の条件にうちへの支援があったのに、それもなくなったのよね？」

「ああ。そればかりは仕方ない」

「どうするの。フィリスには言えないけど、伯爵のおかげでまがりなりにも貴族の生活ができていたのに」

フィリスが足を動かした先の床が、大きな音を立てて軋《きし》むぎしり。

「……フィリス⁉」

そのせいで、両親に見つかってしまった。

「ご、ごめんなさい。盗み聞きするつもりじゃなかったんです。……でも、そうでなくともごめんなさい。私のせいで……」

家計が苦しくなってしまう。

キャロル男爵家は最近仕事がうまくいっていない。父やジェーノの絵も売れゆきがよくなかった。

貴族といえども裕福でないため、クレイ伯爵家の領地経営をフィリスが手伝うことで、援助金をもらったりしていたのだ。

「違うわ。フィリスのせいじゃないの。私の言い方が悪かったわ。あなたはいつも、家族のためにいろんなことをやってくれているじゃない」

「そうだぞフィリス。お前は家事も仕事も、文句ひとつ言わず進んでやってくれる。

とか」

遊びたい年頃だろうに……幼い頃から今も、ずっと働き者だ。どれだけ助けられたこ

父も兄も体が弱かった。そのためすぐに体調を崩してしまう。母は基本的に体は健康だけれど、不安に陥りやすい。時にはそれが体に悪影響を及ぼし、心身共に不調になることもあった。

そんな家族のなかで、フィリスだけは精神も肉体も強かった。精神は意地の悪いラウルに鍛えられたのもある。体力も、幼い頃から庭仕事や屋敷の掃除をしているなかで自然と身についた。

「私は遊びよりも家事が好きなんです！　それに婚約は破棄されても、クレイ伯爵家の領地経営の手伝いは続けさせてもらいますから！　そうすれば、伯爵家からの資金援助がなくなったとしても、まだお金を稼げます」

「……いや。それが」

父親が苦虫を噛み潰したような顔をして、フィリスに一枚の書類を手渡す。

そこには、今後いっさいクレイ伯爵家に関わるなということ、領地経営の手伝いも打ち切らせてもらうということが記載されていた。

（……そんなに私との縁を完全に断ちたいのね）

書類の右下にはラウルの名前が書かれている。自分の名前しか書いてないということは、独断で決めたのだろう。それに気づいたフィリスは、呆《あき》れて開いた口が塞がらなくなった。

「お父様、お母様。正直に答えてください。ウチは今、どれくらい危ないのですか」

力なくテーブルに書類を置くと、フィリスは尋問のように両親をじっと見つめた。

「あ、危ないっていうのは？」

「経済状態のことです」

苦笑する母親に、フィリスは食い気味に返事をした。

「……そ、そうだな。ここ数か月、私もジェーノも売り上げはない。そのうえ支援もなくなると……屋根裏部屋の水漏れも修復不可能で、使用人も解雇せざるを得なくなるな」

「つまり、年間五十金貨もいかなくなると？」

四人家族、そして数少ない使用人を含めると、貴族としての生活を保つには一か月に五～六金貨は必要となる。そのため年間五十金貨もいかないとなると、ギリギリの生活をしていたとしてもかなり厳しい状況だ。

しばしの沈黙の後、両親は申し訳なさそうに頷《うなず》いた。

「わかりました。では、私が働きに出ます。婚約破棄された原因は私にあるので、そのぶんはきっちり、私に働かせてください」

「なにを言う！　フィリスに原因などあるものか！　フィリスと婚約しながら遊びに出ていたなど言語道断。悪いのは全部ラウ――いや。勝手にあんな男と婚約を決めた挙句、家族を支えることもままならない。いちばん悪いのはこの私だ。……本当にすまない」

父は下唇を噛みしめて謝罪した。だが、フィリスは父だけを責める気にはなれなかった。全部家族を、そしてフィリスを想ってしてくれたことだとわかっているからだ。

「お父様、顔を上げてください。お父様の気持ちは伝わりましたから。でも現実問題、私が働きに出るのがいちばんいいでしょう？　それに、少なからず私に原因はあるんです」

おせっかいなところが嫌だったと、ラウルははっきりとそう言っていた。ラウルとの関係をうまく築けなかったことに関しては、フィリスは自らに責任があると思っている。

「し、しかし、どこで仕事を見つけるんだ？　このあたりに仕事なんてなかなかない。

それに私が絵を描くのを頑張《がんば》るから、フィリスはこれ以上無理をしなくていいんだぞ」

その絵がいつ売れるかわからないのに待っているなんて博打《ばくち》すぎる。そんなことをしていると、母親の精神が先にやられてしまうだろう。

「そうですね……あ、王都に出稼ぎに行ってみます！　王都の中心部にはたくさん仕事があるって聞きましたから！　住み込みで働ける場所を探せば、ひとりぶんの食費も浮くでしょう？」

残念ながら、言われた通りこんな僻地《へきち》では仕事を探すのにも一苦労だ。王都へ行けば、街の掲示板にたくさんの求人募集が貼ってあると聞いた。

ある程度の経済力ができるまで、屋敷を離れて割のいい仕事を見つけよう。そうすれば、婚約破棄されたことでマイナスになったお金を全額でなくとも補填してあげられるとフィリスは考えた。

「どうか止めないで行かせてください。お願いします！」

フィリスが頭を下げると、父親がふっと小さく笑う。

「……まったく、フィリスにはかなわないな。うちの家系は比較的みんな控えめな性格をしていると言われるが……フィリスは亡くなった私の祖母にそっくりだ。好奇心旺盛で前向きで、ついつい周りの世話を焼いてしまう」

「ふふ。お父様、以前もその話をしてくれましたね。私も一度会ってみたかったなぁ」

顔を上げて、フィリスは思い出話をする父親と笑い合った。

「……わかった。なんとも申し訳ないが、フィリスの助けがあるのはものすごく助かる。ただし、無理して嫌な仕事をするのはやめてくれ。自分の中でいいと思える仕事が見つからなければ、すぐ戻ってくるんだぞ」

いいな？と父親がフィリスに念を押す。フィリスが黙って頷くと、話を聞いていた母親も、観念したように小さくため息をついて言う。

「気をつけていってらっしゃい。フィリス」

——こうしてフィリスは、屋敷を離れて働きに出ることが決まった。

2　魔法騎士団にて

「わぁ～……！」

馬車を走らせ五時間。フィリスはようやく王都の市街へと到着した。

荷物がパンパンに詰まった大きな荷物を両手で持ちながら、フィリスは辺りを見渡して感嘆の声を上げる。

（さすが大都会。どこを見てもいろんな色が目に入るわ）

自然に囲まれた実家では、外に出て見える色といえば空の青と葉の緑、そして土の茶色だった。王都は地面も石畳で、屋根の色も外壁の色も建物によって全然違う。まるで別世界だ。

（僻地近くにある町や村へは行ったことがあるけど……それとは規模も人口も比べ物にならないわ）

人の多さに酔いそうになりながら、フィリスは鞄を抱えてとりあえず中心部にある掲示板を見に行くことにした。

キャロル男爵家には使用人を付き添わせる余裕がなかったため、すべてフィリスひとりでどうにかしなければならない。フィリスは出稼ぎに行くと決めたときからこうなる覚悟はしていた。だけど今になって、荷物を少し減らしてくればよかったと後悔する。

(お兄様があれこれ持たせてくるんだもの。……あんなに悲しまれたら、さすがに断れなかったわ)

ジェーノはフィリスの出稼ぎの話を聞いて、この世の終わりだというくらい落ち込んでいた。〝そんな調子だと、フィリスが嫁に行くときどうするんだ〟と父親に呆れられていたくらいだ。

自分だと思ってこれを持っていってくれとジェーノ自らが描いた自画像を渡されたり、心配だからと防犯用の魔法具をあれこれ持たされたりしていたら、どんどん鞄が膨らんでいった。しかし、それもすべてジェーノなりの愛情だ。そう思うと、重みも愛しさへ変わってくる。

(……あ。あそこの花、しおれちゃってる)

中心部へ行く途中に、街路の一部に設置された花壇が目に入った。フィリスは花壇に近づくと鞄を置いて、花びらがしおれ、茎がぐったりとした枯れかけの花に手をかざす。

そしてお得意の回復魔法を発動させると、茎はまっすぐに立ち、花もまた綺麗な姿で咲いてくれた。

（こっちはまだ蕾《つぼみ》の状態で今から開花ね。でも、葉先が変色してるわ。栄養不足かしら……）

黄色くなった葉先だけでも戻してあげようと別の花にも手をかざす。すると、どういうわけか葉先の変色が治っただけでなく、蕾が開いて花を咲かせたのだ。

「えっ？　なんで？」

おもわず独り言をこぼしてしまう。

その後、フィリスは自分の手をじっと見つめた。しおれた花や葉をもとの元気な状態にさせることはできたが、今まで花が咲くなんてことは一度もなかった。

（……私の魔法、回復以外もできたりする？　いや、まさかね）

引っかかりつつも、とりあえず今は先を急ぐことにした。

中心部に来ると大きな掲示板を見つけた。フィリスのように働き口を探している人たちが掲示板に群がり、そこに貼られている求人用紙とにらめっこしている。

この掲示板は求人以外にも、イベントのお知らせや閉業のお知らせなど幅広い形で利用されているらしい。

（庶民から王族まで利用することのある、情報交換の場って感じね。よしっ！　私も仕事見つけるぞーっ）

意気込んで前に進もうとするフィリスだった――が、いちばん前まで行こうとすると、先客の人たちにはじき飛ばされてしまう。

「あ？　なんだ姉ちゃん。ここにあんたみたいな子が働ける仕事は載ってないぞ。今は体力が重要な肉体仕事ばっかりだ。数日経って出なおしてきな」

本当に体力勝負の仕事しかないのか、たしかに掲示板の前にいる人たちはガタイのいい男性ばかり。

そのせいで、フィリスは背伸びをしても内容を見ることすらできない。

「少しでいいから私にも見せてくれませんか？　体力には自信があるわ！」

「そんなこと言ったって、見るからに筋肉のないほっそい手足で重労働は無理だろう。一週間もすれば求人の内容は入れ替わる」

「私はすぐに働きたいの……きゃあっ！」

どいたどいたというように、また掲示板に群がる輪の外へと押し出されてしまった。

（もう、どうしたらいいの――ん？）

人混みが落ち着くまで、しばらく近くで待つべきかと思っていると、あるひとりの黒髪の男性がフィリスの目にとまった。

（あの人……なんだか様子が……）

男性は俯《うつむ》いたまま、体をふらつかせてゆっくりと歩いている。どこか具合が悪いのだろうか。気になって、フィリスは男性のもとに駆け寄った。

「あ、あの、大丈夫ですか？」

しかし、男性から返事はない。

「あの～……」

再度話しかけたその瞬間。

――ドサッ。

男性は急に、その場に倒れ込んでしまった。

「どうしたんですか⁉　具合が悪いんですか？　それともどこか痛みます？」

フィリスはしゃがみ込んで男性の様子をうかがう。前髪のせいで顔がよく見えないが、見た感じ若そうだ。

「……構わないでくれ」

「え？」

「俺に、構うな」

小さな声で男性はフィリスに告げた。

構うなと言いつつ、男性はそこから動こうともしなければ、立ち上がろうともしない。

「申し訳ございませんが、目の前で倒れておいて、〝構うな〟だなんて勝手なことを言わないでください」

「……」

「失礼します。よいしょ……って、見かけによらずちゃんと重い！」

パッと見では背は高いが体は細かったため、そんなに重くないだろうと考えていた。

しかしいざ起き上がらせるとそれなりに重い。着ている軍服の下に、どれだけの筋肉を隠しているのか。

「家まで送るので場所を教えてください。そうしたらひとりでゆっくり休めますから」

「……ここをまっすぐ歩いて……最初に見える、赤い屋根の……」

男性はうわ言のようにそこまで言うと無言になり、数秒後には寝息を立て始めていた。

（し、信じられない！　こんな状況で寝るなんて！）

フィリスは男性に肩を貸すのに精いっぱいで、鞄を抱える余裕がない。だが、こんな道のど真ん中に置いていくわけにもいかなかった。田舎と違い、都会では盗難も多いと聞いた。鞄を奪われれば、フィリスは一文無しで着替えも食べるものもなくなる。

「姉ちゃん、困ってるなら手伝うぞ」

そんなフィリスに、さっきフィリスと話したガタイのいい男性が声をかけてきた。

「いいんですか？」

「ああ。荷物の量的に、あんた出稼ぎだろう？　女がひとりで掲示板の前にいるなんて珍しくてな。いろいろ大変そうだし、少しは協力させてくれ」

「ありがとうございます！」

フィリスは倒れた黒髪男性を体の大きな男性に背負ってもらい、自分は鞄を持って赤い屋根の家まで向かった。

指定された家は、一戸建てのそれほど大きくない家だった。といっても、大人がふたり暮らせるくらいの広さはありそうだ。少し深みのある赤い屋根に白い壁。格子の入った木製の窓枠がいくつかあり、正面には同じく木製の扉があった。

黒髪の男性から鍵を受け取ろうと思ったが、扉に手をかけるとそのまま中に入れた。

どうやら鍵をかけていなかったようだ。

「……不用心なやつだなぁ。悪いやつに目をつけられたら終わりだったぞ」

呆れたように、体の大きな男性が呟《つぶや》く。

家の中に入ると——そこには衝撃的な光景が広がっておりフィリスは驚愕する。

玄関の向こう側に見える広間にはあちこちに本と紙が散らばっており、床には籠に投げ入れ損ねたのか、丸められた紙屑《かみくず》がその周辺に落ちていて埃《ほこり》っぽい。

テーブルには羽根ペンが無造作に置かれ、乾いたインクがこびりついている。開いた口が塞がらぬほどのすさまじい散らかり具合だ。

「……す、すごいな。オレの家のほうがまだマシだぞ」

そう言って、体の大きな男性は近くのソファに黒髪の男性を転がした。

「じゃあ、オレは戻るが……あとはあんたに任せて大丈夫か？」

「は、はい！　ありがとうございました！」

家の中に入って一分も経たないうちに、体の大きな男は帰っていった。

ひとりになり、フィリスはこれからどうしようかと考える。その間も男性は、まるで死んだような眠りについていた。

（このまま出ていってもいいけど……この人がちゃんと起きるのかも心配だし……）

目を覚ますまで、ここで待たせてもらってもいいだろう。それにこれだけ疲れているのなら、ソファで寝かせるよりはベッドできちんと休んだほうがよさそうだ。

そう思い、フィリスは寝ている男性に向かって話しかける。

「あの、よけいなお世話だったらすみませんが、寝室を少し見させてもらいますね」

寝ているため、当たり前に返事はない。

若干の後ろめたさを感じつつも、フィリスは寝室と思われる奥の部屋にそっと近づき扉を開ける。

するとそこも案の定、散らかり放題だった。ベッドの上にこれまた大量の魔法書が置かれていて寝るスペースがなく、もはや寝室として機能していない。

「……いい環境で寝かせるためには、まずはここの整理が必要ね」

ベッド周りだけでも綺麗にして、寝床を確保してあげたい。

フィリスは本の山から顔を出した皺《しわ》くちゃのシーツをピンと伸ばし、丸まっていた毛布をきちんと広げる。

――ここからはフィリスの悪い癖が出てしまった。

ひとつやりだすと、次から次へと気になるのがフィリスの性分だ。ここまで散らかった部屋など、もはや気になるところしかない。

フィリスは男性が起きるまでの間、汚部屋の掃除と整理整頓に夢中になっていた。

散らばった資料はきっちりまとめ、先端が潰れているペンと紙屑はまとめて籠の中に。埃を払い、机にこびりついたインクを濡らした布で拭き取る。あまり使用された形跡のない浴室とキッチンもついでにピカピカに。

それらすべてを終えた頃には、ここへ来て二時間以上は経過していた。

「……ん……」

「あ、目が覚めましたか？」

床の掃き掃除をしていると、男性がうっすらと目を開けた。

「……！　どうなってるんだ？　君はいったい……」

何度か瞬きをした後我に返ったのか、男性はフィリスの顔を凝視すると、なにかを思い出すように独り言を呟き始める。

「ああ、そうか。俺は道で倒れて……そこで誰かに声を……」

「私が声をかけました」

「君……こんな場所でなにをしてるんだ。……構うなと言っただろう」

「ごめんなさい。ベッドまで運んだら帰るつもりだったんです。でも、こんなに掃除のしがいがある家は初めてで、つい時間を忘れちゃって……」

フィリスはおもわず取り繕った。

実を言うと、途中からは男性のことも忘れて掃除に没頭していた――という事実は内緒にしておく。

（というか……あんまりよく見てなかったけど、すごく綺麗な顔をしているわね）

夜の闇のような黒髪に、その隙間から覗く透き通った紫色の瞳。

その瞳はどこか神秘的で、冷たさと温かさを両方兼ね備えた、なんともいえない魅力があった。

まっすぐに通った鼻筋に薄めの唇。シャープなラインの輪郭は、顎先に向かって引き締まっている。

（こんなイケメンが散らかった部屋に住んでるなんて……）

意外すぎる。整った顔とのギャップがすごい。

「あの、私はフィリスといいます。あなたのお名前を聞いてもいいですか？」

「よくない。構われたくないと言っただろ……君の名前は聞かなかったことにする」

「そうですか。だったらいいです」

愛想の悪い男性を前にしても、フィリスはまったくこたえていない。ラウルの悪態に比べたら、こんなのかわいいものだ。

それに、頼んでもないのに見ず知らずの人間が家に入り込んでいるのだから、男女関係なく、不信感を抱くのは当然のこと。フィリスはそうとわかっていても、ここに来るまでの彼の様子を見る限り、本能的に放っておいてはいけないと感じてしまうのだ。

「お腹《なか》は空いていませんか？　パンを持ってきているので、よければ一緒にどうでしょう」

「いらない」

「食べないと体力回復しませんよ。置いておくので、気が向いたら食べてください」

「……俺はあっちの寝室で寝る」

「はい、どうぞ。もう本にダイブできない仕様になっていますけど。……私はここでパンを食べさせてもらってもいいですか？　そうしたら出ていくので」

「勝手にしてくれ」

フィリスがそう言うと、男性はのそのそと起き上がり、奥の寝室へと移動していった。

（ここでパンを食べたら、私は宿を探しに行かないと）

もうすぐ日が暮れてしまう。野宿だけはしたくない。

フィリスは鞄から包みに入ったパンを取り出すと、三つあるうちのいちばん大きなパンを男性用に残し、余ったふたつを自分で食べた。貴族令嬢とは思えない質素な食事だ。

（あまり宿代にお金を使いたくないし、早く働き口を見つけないと……）

明日また求人を見に行こう。そう決めて、フィリスは立ち上がると寝室の扉をノックした。

「すみません。開けていいですか？」

最後に長々と居座ったことを謝っておこうと思い、何度もノックするが返事はない。さっきのように熟睡しているのだろうか。

起こすのも忍びない。フィリス的には挨拶はきちんとしたかったが、きっと彼はそんなの望んでいないだろう。

（……このまま静かに出ていくべきかしら）

最後にもう一度ノックをする。すると、部屋の中から物音が聞こえてきた。気になっておもわず聞き耳を立てると、次の瞬間、「ガタンッ！」と、なにかがぶつかるような大きな音が聞こえた。

「あの、大丈夫ですか⁉」

やはり返事はない。フィリスは男性のことが気になって、そっと扉を開けてみる。

寝室は窓が全開になっており、強風のせいで近くに生える木の葉や枝が中まで飛んできている。古びた窓枠は風で激しく揺れ、ガタガタと悲鳴を上げていた。

いつの間にこんなに風が強くなっていたのか。いいや、そんなことよりも――。

「あの人、どこに行ったの⁉」

この様子だと、窓から出ていったのだろうか。

自分の家なのに、なぜ窓から出ていったのか気になる。というか、本当にここがあの男性の家なのかも疑わしい。鍵すら見ていないフィリスの中で、だんだんと不信感が募ってきた。

（不法侵入で捕まったらどうしよう。とにかく、早くここから出ていかないと）

動揺する心に呼応するように、風に吹かれたカーテンが大きく波打つ。窓を閉めに行くついでに外の様子をうかがうも、冷たい風が頬を打つだけだった。

（せっかく掃除したのに……！）

寝室に散らばる木の葉と小枝を見て、フィリスは項垂《うなだ》れる。しかし、自分にはもう関係ない。さっさと宿屋を見つけてしまおう。

そう思い扉に手をかけるも……結局、寝室の掃除だけはこなしてこの家を出ることとなった。

「宿屋はこっちにあるはずよね」

中心部に置いてあった地図を広げ、フィリスは宿屋へと向かう。赤い屋根の家からは一本道だ。ちょうど男性が向かった方角と同じだろうか。

「……ん？」

その道中で、フィリスはなにかがキラリと光っているのを見つけた。近づいて屈んでみると、小さなバッジが落ちていた。

（これって……？）

バッジを手に取りまじまじと眺める。星と剣がモチーフとなった金の紋章は、ただの飾りのバッジとは思えない。

（なんだかすごく大事な落とし物を拾ってしまった気がする……）

目にしてしまったからには見過ごせないのがフィリスの性分だ。

フィリスはバッジを大事に鞄にしまうと、そのまま宿屋に向かい、無事に今日の寝床の確保に成功したのだった。

次の日。フィリスは宿泊した宿の女店主に、昨日拾ったバッジについて尋ねることにした。

「これは魔法騎士団の紋章だね」

店主は親指と人さし指でバッジを挟むと、絵柄を覗き込みながらそう言った。

「ま、魔法騎士団って、あの⁉」

フィリスは信じられなくて驚きの声を上げた。

魔法騎士団はこのルミナリア王国でトップを誇る超絶エリート部隊である。

この国には、秩序を守るための三つの重要機関が存在する。

まず騎士団。魔法が使えないか、魔力が著しく低いため微弱な魔法しか使えないが、剣技に優れている者が所属している。

次に魔法士団。魔力が強く、魔法の扱い方に長けているが剣は扱えない者が所属している。

最後に魔法騎士団。その名の通り、魔法と剣技をどちらも極め、それらを融合して戦えるエリート集団。

「ああ。紋章に剣と星両方が入っているだろう。それが魔法騎士の証しだ。騎士なら剣のみ、魔法使いなら星のみの紋章になっているからね」

「そうなのね。これを持っているのは、魔法騎士団の団員だけ？」

「そうだよ。どうしてお嬢さんが持っているのかは謎だけど、拾ったならちゃんと王宮敷地内にある王宮部隊本部の、魔法騎士団支部まで届けてあげないとね。……あそこ、美形だらけって聞くよ。よかったら今度感想聞かせておくれ」

五十半ばほどの店主が、にやりと笑いながらフィリスに耳打ちをした。フィリスは苦笑しながら「機会があればね」と返すと、お礼を言って宿を出ていく。

（ひとまず王宮部隊本部に向かうしかないわね。バッジを返してから、また戻って掲示板を見に行こう。こんな貴重なもの、持っているとそわそわしちゃうもの）

フィリスは馬車を借り、市街地からそれほど遠くない王宮へと向かった。

（まさか家を出た次の日に、王宮へ向かうことになるなんて。……こんな格好で中に入れるかしら）

首もとの詰まったフリルつきのブラウスに深緑のワンピース。黒いソックスに茶色いローファー。外出用の衣装ではあるが、貴族令嬢にしては地味な格好をしている。

窓ガラスに映る自分を見て、フィリスは少し不安になった。

だが、これで行くしかない。あくまで出稼ぎ目的で王都に出たため、華やかなドレスなんて一着も持ってきていない。そもそも善意からバッジを届けに行くのだし、それだけのことでドレスを着ていくのもおかしな話だ。だから、この服装でなんの問題もない。

そうして納得した頃には王宮が見えてきた。

馬車が正門にたどり着くと、御者が衛兵に会釈する。フィリスは窓を開け、馬車に近づいてきた衛兵に名乗って目的を伝えた。彼は車内と荷物、所持品をチェックしたのち、馬車を中へと通す。衛兵は御者に王宮部隊本部の方向を指し示すと、持ち場に戻っていった。

とにかく敷地が広く、王宮以外にも様々な建物が並んでいる。ここだけで、軽くひとつの町である。

「魔法騎士団支部の近くで降ろしてもらえますか？」

「かしこまりました。あの建物が王宮部隊本部です。その中の三つある棟の真ん中、赤い屋根が魔法騎士団支部です」

御者は何度も訪れたことがあるようで、丁寧に教えてくれた。

（……また赤い屋根）

もしや昨日行ったあの家も、魔法騎士の隠れ家かなにかだったのだろうか。

馬車が到着し、フィリスは言われた通り真ん中の棟へ向かった。入り口には門番が立っており、フィリスを見て眉間に皺を寄せる。

「失礼。魔法騎士団になんのご用でしょう」

深紅と黒を基調とした軍服は、昨日男性が着ていたものと同じだ。ただ彼の肩章の色が金色だったのに対して、門番のは銀色だった。

(あの人、魔法騎士団員だったんだ……！　このバッジ、昨日の彼の落とし物だったりして)

そんな考えがフィリスの脳裏をよぎる。

「……もしかして、過激な追っかけか？　たまにいるんだよ。そういう厄介な娘が」

少し返事が遅れただけで、門番はフィリスを追っかけだと勘違いし、露骨に嫌な顔をした。

「ち、違います！　追っかけなんかじゃありません！」

「ではなんだ。初めて見る顔だ。関係者でないことはわかっているんだぞ」

せっかく落とし物を届けに来たのに、なぜ勝手に勘違いされなくてはならないのか。

門番の態度にむっとしたが、ここで言い争っても時間の無駄だ。さっさとバッジを渡してしまえば、こちらとてこんな場所にもう用はない。

「昨日、市街地でこのバッジを拾ったので、届けに来ただけです。ここの紋章なんですよね？　持ち主が誰かもわかりませんが、本人に届けてあげてください」

門番に手のひらにのせたバッジをずいっと差し出すと、門番は急に慌てた様子を見せ始めた。

「こ、これは……！　申し訳ございませんでした！　中までご案内させていただきます！」

門番は頭を下げると、フィリスを玄関へと誘導する。

「えっ？　べつに魔法騎士団に用はありません。私はこのバッジを届けに来ただけで……」

「そう言わずに！　さあ、行きましょう！」

半ば強制的に建物の入り口まで連れていかれると、そこで門番とは別れ今度は別の団員がフィリスを来客用の部屋まで案内してくれた。

「ここでお待ちください」

フィリスが座る目の前のテーブルにお茶とお菓子を置くと、団員はフィリスを残して去っていく。

輪切りされたオレンジが浮かんだ香りのよい紅茶と、マカロンがふたつ。かわいらしい見た目のラインナップに、フィリスは口もとが綻んだ。魔法騎士団にもこんなかわいいお菓子を置いているんだと、どうでもいいことで感心してしまう。

お茶とお菓子、それぞれを大事に噛みしめながら味わっていると、扉をノックする音が聞こえた。フィリスは食べかけのマカロンを皿に戻して立ち上がる。

「失礼。待たせてしまったな」

扉が開くと、おなじみの黒と深紅の軍服を着た団員が現れた。

彼の赤い髪は短く整えられ、目尻が少し下がっていて茶色い瞳が優しい印象を与える。

鍛え上げられた肉体は軍服の上からでもわかるほどで、胸板は厚く、全体的にがっしりとしている。

（この人は肩章が金色だわ）

門番とも、ここまで案内してくれた団員とも違い、一目見ただけで別格だとわかる。そのくらい特別なオーラを感じた。偉い人なのだろうか。フィリスの気がぐっと引きしまる。

「遠慮しないで座ってくれ」

「は、はい」

言われた通り、フィリスは再度椅子に座りなおす。偉い人っぽい団員は、フィリスの向かい側の椅子に腰かけると白い歯を見せて爽やかな笑みを浮かべた。

「そんなに緊張しないでいい。私はアルバ・アスキス。今年で四十二歳になる魔法騎士団の団長だ。よろしくな！　気軽にアルバと呼んでくれ」

「だ、団長……⁉」

団長といえば、その名の通り魔法騎士団をまとめ上げ、組織の頂点となる存在である。

「団長様が、なぜわざわざ私なんかに……」

「いや。君がうちの部下の大事なバッジを届けてくれたと聞いてな。君の名前を聞いてもいいかい？」

「フィリス・キャロルと申します。僻地の男爵家から、昨日ひとりで王都へ出てきたばかりです」

「なんでまた、ご令嬢がひとりで王都に？」

「出稼ぎです。田舎では仕事がなかなか見つからなくて」

アルバは終始穏やかな口調でフィリスとの会話を続けてくれた。そのおかげで、次第にフィリスも緊張が解けていった。

「あ、バッジ。先にお渡ししておきますね。こちらになります」

フィリスは門番が受け取ってくれなかったバッジを、今度はアルバに渡した。

「……たしかに受け取ったよ。これは間違いなく、魔法騎士団の証しとなるバッジだ。……こんな大事なものをあいつは適当に扱って……軍服に縫いつけてやるべきか……」

アルバはバッジを自分のポケットにしまいながらため息をついた。

（あいつって誰だろう。こんな大事なものをうっかり落とすなんて……かなり抜けている人なのかしら）

「フィリスくん、よければ昨日なにがあったかを私に教えてくれないか？　どこでこれを見つけたのか、詳しく聞きたいんだ」

「いいですよ。私は昨日、街の中央広場にある掲示板を見に行ったんです。そこでふらふら歩いている黒髪の男性を見つけて――」

フィリスは昨日の出来事をありのままアルバに話した。

倒れた男性を無理やり家まで運んだこと。男性が寝ている間に、散らかった部屋を掃除したこと。寝室に移動したと思ったら、勝手に窓から抜け出していたこと。そして家から出ていった先の道中でバッジを拾ったこと……。

「なるほど。そういう経緯だったのか。つまり君は、あいつを助けてくれただけでなく、バッジまで拾って届けてくれたんだな？」

「……そのバッジ、やっぱりあの人のだったんですか？」

アルバは苦笑を浮かべてゆっくりと頷いた。

「いやぁ。本当にあいつは困ったやつだ。君が助けてくれなかったらどうなっていたか」

「助けたというか、放っておけなかったんです。向こうにとってはよけいなお世話だったと思いますが」

頼まれてもいないのに掃除までしてしまった。世話好きなのは親切心からくるものではあるが、時には悪いところにもなるとフィリスは自覚していた。

「なぜよけいなお世話だと？」

「だって、向こうは『俺に構うな』としか言いませんでしたから。名前を聞いても教えてくれなかったし」

「そういった態度をとられて、君は嫌だと思わなかったのか？　話を聞いていると、せっかく助けてあげたのに無礼なやつだなと、苛立《いらだ》ってしまうのが普通だと思う」

「いえ。まったく。私とできるだけ関わりたくないんだなぁと思っただけです。それでいちいち苛立ったり傷ついたりしません。私は私で好きなようにやらせてもらっただけなので」

　悪態をつかれてへこんでいては、そもそもラウルとは建前上でも婚約者を続けられなかった。彼のおかげで鋼メンタルとなったフィリスからすると、昨日の男性はせいぜい〝無愛想だなぁ〟と思ったくらい。

「では君は、またそいつに同じような態度をとられても平気だと？」

「そんな機会があるかはわかりませんが……はい。むしろそういう人だとわかってるので、かわいいものです」

「せっかく片づけた部屋を再度そいつに汚くされた場合はどうする？」

「どうもこうも、気にしません。私の部屋ではないですし。まぁ、人には向き不向きがありますからね。もし再びそんな部屋を訪ねることがあったら、まずは紙屑を床に投げないことから教えてあげたいです。ふふっ」

　小さな子供に教えるようなことを、あの無愛想な男性に教えてあげる姿を想像したら自然と笑みがこぼれた。そんなフィリスを、アルバは目を見開いて凝視している。

「……あっ。ご、ごめんなさい。アルバ団長の部下でいらっしゃるのに、生意気なことと言って」

「生意気？　とんでもない。それより君、仕事を探しに来たと言ってたね」

「はい。あっ、そろそろ失礼しなくては」

フィリスは本来の目的を思い出し、ゆっくりしている場合ではないと、席を立とうとする。

「待ってくれ。なにか仕事の希望はあるのかい？」

「いえ。この後掲示板を見に行って、私にできそうなことで、なるべく条件のいい仕事を探すつもりです」

「じゃあ、ここで働くのはどうだ？　いや、ぜひ働いてほしい」

「へっ？」

「たくさんの希望者がここに来たんだが、君のような人は初めてだ！　フィリス・キャロル、君は合格だ！」

アルバは優しげな瞳をキラキラと輝かせ、ぐっと身を乗り出してそう言った。

「ええっと、合格っていうのは……」

「たった今、君は私の面接をクリアしたということだ」

「どういうことですか？」

話を聞くと、アルバは魔法騎士団の〝特殊作業〟ができる者をずっと探しており、掲示板にも数日前までこっそりと求人情報を載せていたようだ。だが、忙しいなかでどれだけ面接をこなしてもいい人が見つからず、途中で取り下げたという。そんななか、フィリスが訪ねてきたということらしい。

「ここまできたら、知人の紹介か、こちら側から街に聞き込みに出て見つけに行くしかないと思っていたが、まさかこんな奇跡が起きるとはね」

（……私、知らぬ間に試験をパスできたのね）

職探しの手間が省けて、フィリスにとっては渡りに船。しかも王宮勤めというのは魅力的。でも、仕事内容もわからずに承諾はできない。盛り上がっているアルバを前にフィリスが神妙な面持ちをしていると、それに気づいたアルバが一枚の紙を渡してきた。

「仕事を受けてくれるなら、給料はこれくらい出すつもりだ。ちなみに住み込みの場合は食事もつく。ほかにはない、かなりの好条件だと思うぞ？」

自信満々に、アルバはにやりと口の端を上げた。

（月収七金貨⁉　単純計算でも年間八十四金貨……！　これだけあればじゅうぶんだわ。それに出張手当、特別ボーナスもあるのね。住む場所も食事も確保できるなら無駄な出費は抑えられるし、〝必要なものはすべて支給〟だなんて……！）

フィリスが求めていたものが全部揃《そろ》っている上に、予想以上の好条件。応募が殺到するのも頷ける。読んでいるうちに、今度はフィリスの瞳が煌《きら》めきを放ち始めた。

「アルバさん、ぜひお受けしたいです！　ただ——肝心の仕事内容をまだ教えてもらってないので、その内容次第なのですが……」

これだけの金貨を出すのなら、かなり厳しい仕事内容でもおかしくない。

「仕事は魔法騎士団の副団長、リベルト・ノールズの世話係になることだ」

「副団長リベルト……？」

「私の部下であり、君が昨日助けた黒髪の男だよ」

「えっ⁉　あの人副団長なんですか⁉」

衝撃的事実に驚きの声を上げると、そんなフィリスを見てアルバが笑いだす。

「あっはっは！　いいリアクションだ！」

「し、失礼しました！　でも、どう考えても副団長には見えなかったので……」

実のところ、彼が団員であることすら、フィリスは疑っていたわけだが。

「副団長ともあろうやつが、道端で倒れたり荒れ果てた部屋に住んでいたりするとは思わないよな。そのうえバッジは落としてしまう。……しかし、リベルトをよく知っている人からすると、実にあいつらしい」

アルバの楽しげな笑顔に呆れが交ざる。

「リベルトはああ見えて魔法騎士団のスーパーエリートなんだ。二十四歳の若さで副団長に抜擢。魔法も剣技も国で右に出る者はいない。その強さは歴代トップを誇るとも言われているほどだ」

「へえ。本当にすごい人なんですね……！　でも、なぜそんな有能な方に世話係が必要なのですか？」

しかもわざわざ、求人を出してまで募集している。なにか深い理由があるのだろうか。

「ああ。あいつは魔法騎士団の宝だよ。ただ――仕事以外に関しては、まるで無関心なんだ」

アルバは腕を組むと、うーんと首をひねって苦い表情を浮かべた。

「あいつは仕事人間でね。仕事以外のことにいっさい興味がないんだ。魔法騎士団は魔物退治にもよく駆り出されるんだが、リベルトは魔物の弱点や倒し方をまとめたりして、新しい連携技を考え始めると平気で食わず眠らずの日々を重ねていく」

ルミナリア王国には魔物が存在する。魔物の種類によって好む環境に差があるため、生息地や出現場所は様々だ。

魔物は人間や動物とは違い、鋭い牙、複数の目を持つなど、異形の外見をしている。

強力で邪悪な魔力を持ち合わせ、時には人間に襲いかかってくる。そういった魔物の駆除は、魔法騎士団、騎士団、魔法士団が担当している。

「あの家は魔法騎士団所有のもので、宿舎として団員に開放しているんだ。今回もあそこでそういう作業に熱中したせいで、移動中に限界がきたんだろう」

あの荒れた汚部屋は、魔法騎士団が市街に用意した予備の家らしい。

市街地の任務があり泊まる場合や、急な用事が入った場合など、団員の誰でもが利用できる場所だった——が、リベルトが使いだしてから、各種調査結果や広範囲の情報など、書類や資料が膨大に増えてしまった。

あまりに働きがよすぎた結果、大量の資料たちが部屋の中を圧迫してしまったため、今ではリベルト専用の家となっているようだ。

(よかった。不法侵入ではなかったのね)

フィリスは話を聞いて、こっそりと安心した。

「この通り、リベルトは三大欲求すべてに興味がなく、コミュニケーション能力も皆無な問題児だ。伯爵家出身だが、これまでよく無事に生きてこられたなと不思議に思う」

(いいところの出身なんだ。でも、それはわかるかも……)

紙屑や本、ペンのインクが飛び散ったあの部屋でも、リベルトは寝ているだけでなぜか絵になった。あんな場所にいても本人から溢《あふ》れる清潔感と上品さが消えないのは、整った見た目だからだろうか。

「そんなあいつが次の任務開始ギリギリに戻ってきたかと思えば、バッジがないと言いだした。でもそれより驚いたのは、道端で倒れたところを助けてもらったと聞いたときだ」

リベルトは淡々と自分の身に起きた出来事を話したという。

道端で倒れ、家まで運んでもらい、起きたら部屋が綺麗になっていた、と。

「それはお礼をしたほうがいいと言ったら、名前も知らないと言いだす始末だ。呆れて開いた口が塞がらなかったよ。しかし、もしかしたらその恩人は悪人で、金目のの目当てにリベルトに近づいた可能性もある。バッジも落としたのではなく盗まれたのでは？と思ったりしたんだが……」

盗まれたと思う一方で、バッジをどこかに落としていて、たまたま拾った親切な人が届けてくれるかもしれないとも思い、アルバは念のため門番に言いつけておいたようだ。

（だからあんなに態度が変わったのね）

最初は追っかけと間違えられていたくらいだ。門番も、まさか本当にバッジを届けに来る人が現れると思っていなかったのだろう。

「まさかこんなにすぐ、その恩人に会えるとは思わなかった。それもこれも、君がリベルトのことを心配して、すみやかに対応してくれたからだ。君は本当に善良な人だとわかったよ」

「そんな！　私は人として当たり前のことをしただけですよ」

「いいや。君のような人はそういないさ。……フィリスくん、散々迷惑をかけておきながら申し訳ないが、リベルトの世話係をぜひ引き受けてくれないか。あいつは仕事に熱を入れすぎて、食事や睡眠をおろそかにしがちだ。このままでは、次期団長になるのは一生不可能だろう」

リベルトほど力のある人物を、副団長のままにしておくのはもったいないとアルバは嘆く。

「睡眠に関しては、超ショートスリーパーだから大丈夫だとリベルトは言うが、本人だけの問題ではない。もちろん、あいつが部下に強制することはないが、なかには独自の判断で睡眠を削って書類仕事をしようとする者も出てきてしまう。ある程度の規律を示すことも意識してもらいたい」

「たしかに……上の立場の人が寝ずに働いていたら、自分もそうしないとって意識が働く気持ちはわかるかもしれません。それが正しいかは置いておいて」

フィリスの返答を聞いて、アルバが「だろう？」と呆れ気味に言った。

「過去にも世話係を雇ったりしていたんですか？」

「ああ。だが、みんな一週間足らずでやめていったよ……」

「えっ？ そ、それはいったいどうして……」

こんな好条件の仕事をそんな短期間でやめたくなるほど、リベルトは問題児なのだろうか。

「最初の世話係はリベルトに一目惚れ。仕事にならず、そのうえまったく相手にもされずに勝手に失恋して辞職。その次の女性は任務帰りに大量の返り血を浴びていたリベルトを気持ち悪がって辞職。女性はダメだと思い、執事経験もあるベテラン男性を雇ってみたが……やつのあまりの塩対応ぶりに『若造のくせに！』と怒って辞職……」

「な、なるほど……」

遠い目をしながらため息をつくアルバを見ると、これまでの苦労が伝わってきた。

「あいつは仕事以外には無関心で、掴《つか》みどころがない。なにを言っても反応が薄く、態度が悪いように思われる。そのそっけなさに耐えられなくなる者は多いんだ」

たしかにずっと塩対応され続けるなんて、普通の人なら耐えられないだろう。そう──普通の人ならば。

（挫折するほどのそっけなさ……ラウル様よりそっけない人がいるのなら、逆に見てみたいわ）

フィリスは話を聞いて、リベルトに興味が湧いた。それにフィリスは自分をよく思っていない人物にどういう対応をしたらいいかは、すでに学んでいる。

「アルバ団長、私、やってみたいです。副団長のお世話係！」

「ほ、本当か!?」

うまくこなせることができれば、ここよりいい条件の仕事も環境もないだろう。

フィリスが大きく頷くと、ふたりは無言で固い握手を交わした。

「では早速契約書を持ってこよう。それとフィリスくん。君からは魔力を感じるが、魔法は使えるという認識で間違っていないかい？」

さすが魔法騎士団の団長だ。他人の魔力すら自分の体で感じ取ることができるのは、高度な感覚を持ち合わせているだけでなく、長年の戦闘経験を通じて養われた能力だろう。

「はい。私は回復魔法を……」

「回復⁉　その魔法を使えたら、どこからでも声がかかると思うが……」

「いえ。私の回復魔法は人が対象ではなく、植物のみなんです。枯れた花や野菜を復活させたりとか、そういう感じです」

「ああ、なるほど。なかなかない回復魔法だな。それもすごいじゃないか」

アルバは褒めてくれたが、フィリスは内心〝団員の回復ができたほうがよかっただろうなぁ〟と思った。回復魔法の中でハズレでしかないこの魔力は、ここでも役立つことはあまりなさそうだ。

「これが契約書だ。サインが終われば、今日から君は魔法騎士団の一員だ！」

フィリスは用意された紙に迷わずサインをする。サインが終われば契約の魔法陣が現れ、書類と魔法との二種類の方法で記録され契約が終了した。

「これからよろしく。フィリスくん！」

「はい。頑張ります！」

王都に出て二日目。フィリスは〝リベルト副団長のお世話係〟として、魔法騎士団で働くことが決まった。

3　難あり副団長のお世話係

　フィリスはアルバと部屋を出ると、魔法騎士団支部の後方にある別棟へと案内された。そこでひとりのメイドを紹介してもらうと、アルバは仕事があると言いその場からいなくなった。

「私はナタリアよ。よろしくね。えーっと……」

「フィリスと申します」

「フィリスね。改めて、これから同じ場所で働く仲間として仲よくしてちょうだい。私もここへ来てまだ二年くらいだから、そんなにかしこまらないで」

　王宮部隊本部には寮も併設されており、メイドを含め使用人たちはみんな団員たちと同じくここの寮で暮らしている。

　ナタリアはフィリスと同じく魔法騎士団で働くメイドのようだが、誰かの専属というわけではないらしい。

　オレンジ色の長い髪を太めの三つ編みでひとつにまとめ、白い肌にうっすら浮かぶそばかすがかわいらしい女性だ。

話をすると、年齢はフィリスのひとつ上だと判明し、出会ってすぐなのに親近感が湧いた。

「アルバ団長に聞いたわ。あなた、リベルト副団長の専属になったらしいわね」

長い廊下を歩いていると、ナタリアがそう言って哀れむような眼差《まなざ》しをフィリスに送った。

（そうか。お世話係って、専属メイドみたいなものよね）

といっても、実家は専属を雇うお金はなかったため、専属メイドがなにをするかはよくわかっていない。

「ここがあなたの部屋よ。クローゼットの中に制服があるから、給仕中はそれを着ること」

案内された部屋は思ったよりも広めだった。ひとりで寝泊まりするにはじゅうぶんな広さだ。

「この別棟には使用人たち専用の食堂もあるから、夕食はそこで一緒にとりましょう。それまで今日は休んでていいって」

「え？　リベルト様へ挨拶しに行かなくていいんですか？」

「副団長は早朝から遠征で魔物討伐に行っているわ。帰ってくるのは明後日よ」

（……任務があるから、昨日は急いで魔法騎士団に戻ったってことね）

そうだとしても、窓から出なくたっていいのに。

「明日は魔法騎士団支部内の案内や、ここで働くメイドの仕事内容を教えるわね。……とはいっても、副団長の専属となると、やることは変わってくると思うけど。その辺は副団長と相談して？」

「わかりました」

「じゃあ、今日から二日間、一緒に頑張りましょ！」

ナタリアは胸の高さに拳を掲げ、にっこりと笑った。優しそうな同僚がいるのは心強い。フィリスも同じポーズをして微笑みを返す。

――それから二日間、フィリスはナタリアによる仕事の研修を受けた。本部内は広くてすべての部屋は当然覚えられなかったが、間取り図をもらったため、慣れるまではそれを見れば大丈夫だろう。

ちなみにメイドの制服は、動きやすい柔らかな生地を使用した、上下紺色の制服だ。上着はウエストを絞ったデザインで、深紅の細めのリボンはかわいらしすぎずシックで上品な印象を持つ。スカートは膝丈で、プリーツが入っている。裾に刺繍《ししゅう》が入っており、制服にも細やかなこだわりが感じられた。

清潔感のある白いエプロンにはポケットがついており、道具を持ち運ぶのに便利そうだ。

(私の持っている私服よりかわいい!)

初めて袖を通したとき、フィリスは感動した。

(制服があるのはありがたいわ。私服を増やさなくて済むものね)

高給が確定しているというのに、フィリスの節約精神は続いたままだ。ほとんどを実家に仕送りするつもりでいるため、無駄遣いはしたくない。

「フィリス! 副団長率いる部隊が早めに帰還したみたい! ほら、門の前までお出迎えよ!」

二日後。リベルトが戻ってきた。

ナタリアに腕を引っ張られるようにして、フィリスは門の前へと向かった。

そこには、団員を率いて真ん中を堂々と歩く黒髪の男性――リベルトの姿があった。

今回はきちんと起きているおかげで、前よりも表情がわかりやすい。長めの前髪が少し邪魔だが、紫色の瞳が開いているのは確認できた。

「よく無事に戻ったリベルト! まぁ、心配してなかったがな。それで、お前の新しい世話係を紹介したいんだが――」

入り口を塞ぐように仁王立ちしていたアルバが、リベルトに労いの声をかける。その流れでフィリスを紹介する流れだったが、リベルトはなにかをぶつぶつと呟きながら、アルバとフィリスの間を無理やりこじ開けるようにして突っ切ってさっさと中へ入ってしまった。

「お、おいリベルト！　話を聞かんか！」

「無駄ですよ団長」

「……エルマー」

エルマーと呼ばれた男性は、肩まである灰色の髪をかき上げながら呆れた表情を浮かべた。後ろに控えるほかの団員たちも、エルマーの言葉にうんうんと頷いている。

「まさか、出たのか？」

「はい。出ました」

（……なにが？）

アルバの隣で、フィリスは黙って会話を聞く。

「新種の魔物。しかも大型です」

「……マジか」

「その魔物もほかの魔物も、ほとんどリベルトがひとりで倒しました。新種の大型魔物が出現したときは全員焦りましたが、彼のおかげで助かったのは事実です。ですが、リベルトはそれからずっと大型魔物の倒し方やなんの魔法が有効だったかをまとめるのに必死で、一睡もしていないと思います。テントを張っても深夜に外を動き回り急に魔法を放ったり、そのせいで別の魔物を呼び寄せてしまったり……散々でした」

帰り道もぶつぶつうるさく、ゆっくり休めなかったとか、次第にペンを走らせる音にすらイライラしたとか、エルマーは好き放題言っている。そんな彼を誰も止めないのは、ほかの団員たちも同じように思っていたからなのか。

「よく耐えてくれたなエルマー。それにみんなも」

「ま、あのモードにさえ入らなければ問題ないんですがね。リベルトのおかげで任務がスムーズに進んだのは事実ですから。やはり彼はなんだかんだ頼りにはなりますよ」

その言葉に対して、団員たちが深く頷く。

難はあるようだが、慕われてはいるようだ。

疲労を滲《にじ》ませたエルマーが顔を上げると、フィリスと目が合った。

「……彼女は？」

「ああ、新しい世話係だ」

「うわぁ……そうなんですね」

目を細め、あからさまに渋い顔をされる。

「は、初めまして。フィリスと申します。今後は魔法騎士団でお世話になります」

「こちらこそ。私はエルマー・ウェイマスといいます。年齢は二十七で、ここでは指揮官を務めています」

後ろに並ぶ団員の肩章が銀色なのに対して、エルマーはアルバとリベルトと同じ金色だ。偉い人だとは思っていた。指揮官というだけあって、知的な雰囲気を醸し出している。

背はそんなに高くはないが綺麗な顔をしており、年齢よりも若く見える。モテるだろうなとフィリスは思った。

「フィリスさん。せいぜいあの奇人の世話を頑張ってくださいね」

エルマーはそう言って、フィリスに同情の眼差しを送った。

フィリスはアルバと一緒に、改めてリベルトに挨拶しに行くことになった。

「フィリスくん。今日から制服にこれをつけてもらえるか」

リベルトの執務室へ向かう途中、アルバにバッジを渡される。それはリベルトが忘れていったのと同じ紋章が入ったバッジだった。

「本来、使用人が身につけることはないんだが、君は普通のメイドではなくリベルトの専属だ。周囲の者が区別できるよう、胸もとにつけておいてくれ」

「なんだか恐れ多いですが……そういうことならわかりました」

「本来は、女性ならリボン、男性ならネクタイを見れば、区別できるんだがな。主人が自分のカラーのリボンやネクタイを使用人に渡して身につけさせ、専属の証しとするんだ。だがまぁ……リベルトがそんなのを用意する男ではないのはわかるだろう」

「はい。そもそもリベルト様は専属を望んでないのですよね……？」

「そうなんだよ。こっちが勝手にやっていることだから、あまり強制しづらくてね」

互いに眉を下げて笑い合っていると、リベルトの執務室に到着した。

「ここはリベルトの仕事場だが、あいつが毎日暮らす私室でもある」

基本的に寮と職場は別だけれど、トップクラスの団員で独身の場合は、執務室に私室が設けられる仕様なのだとアルバが教えてくれた。

「フィリスくんもリベルトの専属になった以上、この部屋で過ごす時間が今後多くなるだろう」

そう言って、アルバが扉を勢いよくノックするが、返事はない。

た。

「リベルト！」

今度は声を出して再度ノックしてみる。だが、やはりなんの反応も返ってこなかった。

「あいつは鍵も基本かけていないからな。勝手に開けてしまおう。強行突破だ」

アルバは扉を開けると、部屋の奥で机に向かうリベルトの背中が視界に飛び込んでくる。

「リベルト、ちょっといいか。話がある」

「……」

「リベルト！　ペンを置け！」

「……」

何度アルバが声をかけても、リベルトはいっさいの反応を示さない。

「ダメだ。ありゃ完全に仕事モードに入ってるな。こうなったら一段落つくまで放置するしかなさそうだ」

そのアルバの言葉に、フィリスはふと疑問を抱く。

「ですが……この仕事モード中とやらに緊急事態が起きたらどうするんですか？　このまま放置したら、きっと何時間もずーっと飲まず食わずで仕事を続けるような人なんですよね？」

さっきのエルマーの発言からして、リベルトはすでに睡眠不足状態なのは確定している。

「……いやぁ、そうなんだが」

「休息を取らなければ、いつか体が悲鳴を上げますよ。今はよくても、近い未来必ず。せっかくものすごい強さを持っていても、体を壊しては意味がありません」

なにをするにも体が資本なのだ。だからアルバはリベルトのために、世話係を探していたのだろう。でも、聞く耳を持たないから放っておくというのは、フィリスは断じて反対だった。

フィリスの家族は病弱で、仕事をしたくてもできないことが多かった。その悔しそうで申し訳なさそうな表情を思い出すと、フィリスは胸が痛んだ。

そういった人たちを近くでずっと見てきたからこそ、フィリスは健康がどれだけ大事かを知っている。

「私、このまま部屋に残ります。挨拶はなんとかひとりで済ませますから、アルバ団長は仕事に戻っていただいて大丈夫です」

「そうか。君が言うなら、お言葉に甘えさせてもらおう。……それじゃあ、これも任せていただきますね」

「はい。もちろん。きちんとリベルト様にお戻しさせていただきますね」

「頼んだ。結局また、君に託すことになってしまったな」

アルバはリベルトのバッジをフィリスに渡すと、フィリスを置いて執務室を後にした。

フィリスは部屋に入り扉を閉める。

リベルトの執務室は、副団長という地位のためかものすごく広かった。室内には、大きな執務机のほかに応接セットがあり、そのソファは四人掛けで奥行きも幅も広くかなりゆったりとしている。さらに、奥には寝室やクローゼットなど、プライベートスペースが設けられていた。

(……この部屋もすごい散らかりようだけど)

案の定、リベルトの執務室は紙屑とたくさんの書類が床に散らばっていた。先日片づけたばかりの予備の家とほぼ同じような散らかり方だ。

ただまだ救いがあるのは、リベルトの部屋に生ごみやにおいの発生しそうなごみはひとつもないこと。ごみは紙屑、開封した中身のない封筒、読み終わった新聞――ほとんどが紙類だ。

（量は多いけど、掃除はそんなに大変ではなさそうね。それに広いからか、ベッドがある部屋の半分から向こう側はそこまで荒れていないわ）

まずどこから手をつけようか……そんな考えが脳内を支配しそうになったが、フィリスははっと我に返って、頭をぶんぶんと左右に振った。

（今はまず、どうやったらリベルト様の手を止められるかを考えないと！）

このままでは、また道端で気絶してしまう。

あんなのをこの先何度も起こされては、いくら強いといってもいつ事件に巻き込まれるかわからない。

フィリスはリベルトに近づいて、後ろから彼の手もとを覗き込んだ。

討伐後に書き出してまとめた新種の魔物の倒し方に加え、魔物の大きさや体重、見た目の特徴などを細やかに書き込んでいる。

没頭している様子なので、この距離から話しかけても反応してもらえるとは思えない。

「あのー、リベルト様。よろしいでしょうか」

「……」

（やっぱりね）

予想通り、リベルトは振り向くそぶりも見せてくれなかった。

(うーん。どうするべきかしら。……ん?)

そのとき、フィリスはリベルトがまとめている資料に気になる点を発見する。

「リベルト様、魔物の耐久力を記載するのを忘れていますよ。これまでの資料だと、『物理的強さ』の次は『耐久力』が記載されていたと思いますが。あとここも、水魔法で合ってますか? 今までの傾向からすると、体の大きな魔獣は氷魔法などで足止めをして動きを鈍らせてから、急所を斬り落とすのが有効な気がして……」

つい口を出してしまうと、リベルトの手もとがぴたりと止まった。ガリガリとペンが文字を刻む音が消え、室内はしんと静まり返る。

「……よく気づいたな」

この静けさのなか、先に口火を切ったのは、まさかのリベルトだった。

リベルトはフィリスのほうを振り返り、感心したように目を丸くしている。

「お世話係になるにあたって、リベルト様がまとめられたであろう資料には事前に目を通させてもらったので。ほら、書庫に置いてあったやつです」

「ああ……部屋に置けなくなったやつか」

「はい。お世話させていただくなら、私も見ておいたほうがいいかなと。結構楽しくて、気づいたら全部読んでました！　おかげさまでちょっぴり寝不足です」

フィリスはこの二日間、リベルトがこれまでまとめた資料が書庫にあるとアルバに聞き、時間を見つけて読みに行っていた。

世話係になるなら、できるだけ主《あるじ》の性格や仕事を理解しておきたい。

そう思って読みに行っただけだったが、魔物やこれまでの戦績をまとめたリベルトの資料は予想外におもしろかった。

これまで無縁だった世界の情報だからなのか、フィリスは気づけば深夜まで書庫にこもっていた。

全部と聞いてリベルトも驚いたのか、さっきより目を見開いている。そもそもフィリスがこの場にいることはなんとも思わないのかと、フィリスは普通に会話を続けながら疑問に思った。

「このタイミングでご挨拶させていただきます。このたび新しくリベルト様のお世話係になりました、フィリス・キャロルと申します。……こちら、あの赤い屋根の家の近くに落とされていましたよ」

フィリスはにこりと微笑んで、机の上にバッジを置いた。

「やはりあの時の君か……」

「はい。人づてですが、ようやくあなたの名前を知ることができました」

「まさか俺の世話係になるなんて、あの時はわからないだろう。……はぁ。団長か。俺は世話係などいらないとあれほど言ったのに」

リベルトはまったくフィリスを歓迎していないようで、アルバに向けて恨めしそうにそう呟いた。

「というか、どうしてあの時脱走したんですか？　普通に帰ればよかったのに」

「目を覚ましたら任務の集合時間が迫っていて焦ってたんだ。あの窓から帰るほうがここまでは近道だった」

それだけだ、とリベルトはクールに言い放つ。そしてまた机に向かおうとしたため、フィリスは慌てて追撃した。

「ま、待ってくださいリベルト様。先に湯あみをして着替えませんか？　軍服が汚れたままでは不衛生ですし、なにより見た目がよくありません」

「問題ない。そんなことより、資料の完成が先だ」

近くに来てまじまじとリベルトを見ると、衣服に土埃などの汚れがついているだけでなく、頬や額にも魔物の返り血を浴びた形跡が残っていた。

（せっかく綺麗な顔なのに……なんで汚れたままで気にならないの！）

リベルトは目の前のことにしか集中できない性格なのだろう――フィリスはこの短時間で彼のことを把握していた。

それにしても、限度というものがある。これではエルマーの言う通り奇人と言われても仕方がない。

「湯あみをして新しい服に着替えて、気分をリフレッシュしてから仕事をしたほうがいいですよ。疲れた体を休ませるのも重要です。そのほうが頭もすっきりしますし……」

「べつにいい。それほど疲れていない。今は作業を優先したいんだ」

「そうは言いましても……」

「俺に構わないでくれ」

お決まりのセリフを言うと、リベルトはまた背中を向けてしまった。

その後何度も説得を試みるも、リベルトは聞く耳を持たない。

(アルバ団長の言う通り、待つしかないのかしら)

フィリスはめげそうになる心を奮い立たせ、リベルトが言うことを聞かずともそばを離れようとはしなかった。

仕事に熱中している間にまた勝手に部屋の掃除を進め、散らかった床をピカピカに磨いていく。

そして隙を見てはリベルトに声をかけ、なんとか休ませようと試みた。あまりにフィリスがしつこいのと、本人も気になったのか、さすがにその日の夜に湯あみをしてくれた。

食事は最低限しかとらず、ほぼ寝ないで机に向かう日々が三日ほど続くと……リベルトの顔色がどんどん悪くなっていった。

（当たり前だわ。通常業務や訓練に加えて、今度はこの前の魔物に対する連携技を細かく分析しだすんだもの）

リベルトの軍服や夜着を洗濯するフィリスの目にも、うっすらとクマができている。さすがに二十四時間、フィリスもずっと寝ずに付き合うわけにもいかない。

それでもリベルトが気になって、終業後に自室に戻っても、二、三時間程度の仮眠で目が覚めてしまう。それが一日だけならいいが、数日続くとフィリスの頭もぼーっとしてきた。

（リベルト様は私以上に寝てないうえに、食事もまともにとっていない）

空はもうすぐ、青からオレンジ色に変わろうとしている。

リベルトは今日、担当でなかった魔物討伐任務に急に呼び出され、全然寝ていない状態で出陣していった。

（あんな調子で任務に行って大丈夫なのかしら）

現場にはエルマーも付き添っているため、なにかあればすぐに連絡が入るだろう。連絡がないことがリベルトの無事を物語っているとはいえ、フィリスは心配でたまらなかった。

まだお日様のぬくもりがわずかに残った衣服をリベルトのクローゼットに戻していると、部屋の扉が開いた。任務を終えたリベルトが戻ってきたのだ。

「お疲れさまでした！　無事だったんですね。……よかった」

ほっと胸を撫で下ろすフィリスと目も合わせずに、リベルトは執務机に一直線に向かっていく。

「……リベルト様？　なにをするおつもりですか？」

「仕事に決まってるだろう。今日の魔物の分析をしなくてはならない」

「さすがに休まれたほうがいいです。顔色がひどいですよ」

今朝見たときよりも青白くなっている。

「問題ないと言っている」

最初と変わらぬクールな態度で、リベルトは冷たい声で言い放つ。それでもフィリスは諦《あきら》めずにリベルトへ歩み寄ろうとすると、背中にうっすらと血が滲んでいるのに気がついた。

「リベルト様……背中、どうしたんですか？」

返り血とは思えない。

「……怪我《けが》したんですか？」

「ちょっと刺されただけだ」

「⁉ 治癒魔法はかけてもらいましたか？」

「そこまでする必要はない」

アルバからの前情報だと、リベルトが実践でミスをすることはほとんどないと言っていた。

それにもかかわらず防御が遅れるなんて、判断力も対応力も鈍っている証拠だ。

フィリスは机に向かうリベルトの腕を、咄嗟《とっさ》に掴んで制止した。

「休んでください」

「……まだ大丈夫だ」

見るからに大丈夫でないくせに、本人がなぜそれに気づかないのか。

この三日間、散々我慢したが、もうフィリスは限界だった。

「いい加減にしてください！　休めって言ってるのがわからないんですか！　人の言うことを聞いてください！　なんのための耳ですか！」

すぅっと深呼吸をして、フィリスは言いたかったことを強い口調でぶちまけた。真正面から叱られて、リベルトはフィリスを見つめながら呆然としている。

「……私の大事な家族は、私以外みんな体が弱いんです。芸術の仕事をしていますが、筆を握れない日もあります」

フィリスはリベルトの腕を握る力を、無意識にぐっと強めた。

「リベルト様は仕事が大好きで、なにより大事にされているのはよくわかりました。でも、その仕事に夢中になれるのは健康な体があってこそです。今のリベルト様は、体の悲鳴に聞く耳を持っていません。だけどその悲鳴を、私は聞き流せないんです」

数年前のことだ。兄のジェーノが体調を崩していたのに、無理をして黙っていたことがある。

その日中にどうしても仕上げなくてはならない絵があって、休むわけにはいかなかったのだろう。

〝大丈夫〟と笑うジェーノの言葉を信じて、少し様子がおかしいのに気づきながらも、フィリスはなにも追及しなかった。その結果、ジェーノは夜に高熱を出し、三日三晩寝込むことになった。

『頼りなくてごめん。いつもいつも、大事なときにごめん』

つらいのは自分なのに何度も謝るジェーノを見て、フィリスは悔やんだ。あのとき、きちんと言ってあげればよかったと。

『顔色が悪いから、無理をしないで』と。

フィリスは学んだ。本人がいくら大丈夫と言っても、大丈夫でないときはある。

「ここでリベルト様の好きにさせるのは簡単です。でも、本当はみんなあなたを心配しているんですよ。私もふらふらしている姿を見ると、心が痛みます。それはきっとアルバさんも、ほかの団員の方々も同じだと思います……！　どうかこの気持ちをわかってください」

いろんなことを思い出し、フィリスは涙ぐんでしまう。

「……私の回復魔法が人に使えるならいいのですが、それもできません」

「……魔力は薄々感じていたが、回復魔法なのか」

リベルトはフィリスに目を合わせることなく、感情のこもらない声で尋ねた。

「はい。植物にだけ効く回復魔法なので、あんまり役には立ちませんが」

リベルトがフィリスに質問したのは、思えばこれが初めてだった。

「あっ……腕、掴んだままでごめんなさい」

「べつにいいが……謝るのに離してはくれないんだな」

力を緩めてあげるものの、離す気はなかった。なぜなら――。

「休んでくれるまで離しません。リベルト様の体は、ベッドで寝かせてーって今も叫んでますから」

「……はぁ」

リベルトは俯いて小さなため息をつく。面倒くさいのか、呆れているのかはわからない。だが目の前で揺れるサラサラの黒髪がギシギシになっていく様を、フィリスは絶対見たくないのだ。

「知っていますかリベルト様。睡眠不足は髪の毛にもよくないんですよ。このままだと白髪だらけのつるっぱげになってしまいます」

「それがなにか不都合になるか？」

「な、なりますよ！　こんな綺麗な黒髪をしているのに……！」

「……綺麗？　自分ではなんとも思ったことがない」

指で前髪をつまむと、リベルトは不思議そうに首をかしげる。

「……あ、だが」

リベルトはふとフィリスを見つめると、フィリスの白銀の髪をさらりと撫でた。

(な、なにっ⁉)

突然触れられて、フィリスの心臓がどきりと高鳴る。

年齢の近い異性に髪を触られるなんて、ジェーノ以外にされたことがない。元婚約者のラウルだって、一度もフィリスの髪に触れてこなかった。

「君の髪は美しいと思う。俺のいちばん興味のある色だ」

「……え」

「この前の大型魔物の毛の色とそっくりだ。まぁ、あっちはもっと太くてごわごわしていたが」

「魔物の毛と比べないでください」

無駄に鼓動が高鳴ったのだと思うと、馬鹿らしい。

リベルトは魔物の毛と比較しているのか、興味津々にフィリスの髪の毛をひたすら撫で回している。

そのうち満足したのか、するりと細長い指が離れていった。

「……俺はこれまでも、身の回りの世話をしに来たいろんな人間からああしろこうしろ言われてきた。だけど、心が痛むと言われたのは初めてだ」

（これまでにも心を痛めていた人はいたと思うけど……聞く耳を持たなかっただけな気がする）

思い出すようにぽつりと呟くリベルトに、フィリスは内心そんなことを思う。それでも、リベルトがなにかを伝えようとしてくれている状況が嬉《うれ》しくて、フィリスは小さく頷きながら話を聞いた。

「フィリス……君の言いたいことはわかった。そうだな。頭がぼんやりして、体がまともに動かなくとも、意識があれば大丈夫という考えは改めよう」

「それは本当に改めてください。というか、これまでどうやって生きてきたんですか？　ここに来る前は伯爵家で過ごされていたんですよね？」

「伯爵家ではこんな自由にできなかったからな。元々食にも遊びにも興味がなかったが、こんな生活になったのは魔法騎士団に入ってからだ」

（伯爵家の人たちは、リベルト様のヤバさに気づいてなかったってことね……）

こんな無茶をする人が屋敷にいたら、毎日ヒヤヒヤして仕方ないだろう。現にフィリスはそうなっている。

「では、ここでの生活も少しずつ一緒に改善していきましょう。そのための第一歩は、休息をしっかりとることです」

「わかった。……君の話は納得がいったから、実行してみよう」

「……リベルト様！」

数日かけてなんとか言うことを聞いてくれた。

素直なリベルトを見てフィリスは猛烈に感動し、自分が疲れているのも忘れて仕事へのやる気が漲《みなぎ》ってくる。おもわずリベルトの手を衝動的に握ってしまったそのとき、フィリスは彼の手の甲に切り傷のようなものがあるのに気づいた。

「……この傷は？」

「……？　ああ、こんなところに怪我《けが》をしていたのか。気づかなかった。きっと森に入ったときに薬先があたったんだろう。それか風属性の魔法を暴走させた団員を止めたときか……」

本人も覚えていないうちにできた傷のようだ。リベルトはまったく気にしていないが、かすり傷にとどめておくには、傷が大きいような気もする。

（あっ……応急処置にあの薬を使うのはどうだろう。ちょうど今日作って、ここに持ってきておいたのよね）

フィリスは棚にある薬箱から塗り薬の入った瓶と、消毒液とコットンを取り出した。

「リベルト様、休息前に応急処置をさせていただく時間を私にください」

「傷の治癒なら明日でも――」

「これは今日しっかり休息をとるのに必要なことです」

「……わかった」

おとなしくなったリベルトの手を取って、フィリスはまず自らの手と傷口を消毒すると、薬草で作った塗り薬を慎重に塗り込んでいく。

「……この薬、ヒーリングハーブを使ったものか？」

鼻をすんと鳴らして、リベルトが言う。

「そうです。さすが。よくわかりましたね」

ヒーリングハーブとは薬草の中でも効能が高いものだ。ルミナリアでは王都近くの森で収穫できる。フィリスはここに来るまで、ヒーリングハーブの存在は知っていたが見たことはなかった。

「この薬は切り傷、擦り傷、いろんなものに効く。魔物の討伐の現場でもたびたび使用されている。しかし、先週の大雨で薬草がダメになって、新しく作るには時間がかかると団長から聞いていたが、ずいぶん早く完成したんだな」

リベルトは不思議そうに薬の瓶を見て、独り言のように呟いた。

実はその話をフィリスはつい先日、薬の在庫管理をしていたナタリアから聞いていた。

フィリスはアルバと薬草を管理している薬師《くすし》に許可を取り、空き時間に薬師と共に森まで足を運び、自分の魔法で薬草の回復を試みたのだ。

結果は大成功。そして今日、リベルトが任務に向かっている間にちょうど塗り薬が完成した。まさかこんなに早く使用するとは思っていなかったが、タイミングがよかった。

（……この経緯を話したところで、リベルト様は興味なさそうだから、あえて言わなくていいわよね）

自分が薬草を回復させました！なんて、自己申告するのはなんだかいやらしく思える。フィリスはその事実を伏せて、黙って薬を塗った。

上の服を脱いでもらって背中の傷も見せてもらったが、出血量の割にはそこまで傷は深くなさそうで、フィリスは一安心する。

「はい。応急処置完成です！」

手の甲と背中にできたての薬を塗り終えると、フィリスは取り出した薬たちをまた薬箱にしまった。

「では食事を用意してまいります！　召し上がっているあいだにベッドメイキングを完璧に整えますので、リベルト様はソファに座ってお茶でも飲んでいてください。机に向かうのだけは絶対禁止ですよ。あと、明日になったら絶対に傷を治癒魔法で処置してもらってください」

「ああ」

フィリスはすばやい動きでお茶を淹れると、リベルトがソファに座ったのを確認して足早に厨房へと向かった。

食事を配膳用のワゴンにのせて部屋に戻ると、そこにはソファに横たわり、すやすやと眠りにつくリベルトの姿があった。

部屋にはほのかに残る紅茶の香りと、運んできたばかりのクリームシチューの甘い香りが漂っている。

フィリスはワゴンを邪魔にならない場所に置き、ソファの前にそっと膝をついた。

（ふふ。やっぱり疲れていたのね）

フィリスはリベルトのあどけない寝顔を覗き込むと笑みをこぼす。せっかくの機会だから寝顔を拝ませてもらおうと、リベルトの胸もとあたりに位置するソファの座面の空いたスペースに、腕を組んで顔をのせた。

（おやすみなさい。リベルトさ……ま……）

知らぬ間に瞼《まぶた》が下りてくる。そしてそのまま、フィリスの意識も夢の中へ落ちていった。

4 副団長、食べてください！

「……ん……あれ……」

次の日。

フィリスはようやく目を覚ます。

いつもより妙にふかふかとしたベッドに、これまたいつもより肌触りのいいシルクで覆われた羽毛布団。その感触に違和感を覚えつつ、フィリスはのそのそと体を起こして目をこする。

（私の部屋じゃあない……？　あれ、それならここってどこだろう……昨日、リベルト様の部屋に食事を運んで……）

まだ眠たさが残る意識の中で、フィリスはぼんやりと記憶を掘り起こしていたが、途中でとんでもない事実に気づいて一瞬で目を覚ました。

（私、リベルト様の部屋で寝落ちしちゃった⁉）

布団をがばりと引き剥がすと、案の定制服姿のままだった。それを見てサーッと血の気が引いていく。

（やらかしてしまった。ああ、ついいつもの癖で……！）

フィリスはジェーノの看病をしながら、一緒に寝落ちする癖があった。目の前で気持ちよさそうに眠っている人を見ると、なぜかフィリスも伝染するようにそばで眠りについてしまう。その癖を、あろうことかリベルト相手にも発揮してしまったのだ。

（でも私、床に座り込んだまま寝ていたはずよね？　もしかして……リベルト様がベッドまで？）

だとしたら、リベルトはフィリスより先に起きていたことになる。

壁にかけられた時計を見ると、もう朝の八時を指していた。連日わずかな睡眠しかとらなかったせいで、十二時間以上は余裕で眠りについていたらしい。

とにかくリベルトに謝ろうと飛び起きるも、部屋にリベルトの姿は見あたらなかった。勝手に自室へ戻るわけにもいかず、そのまま五分ほど待機していると、リベルトが部屋に戻ってきた。

「……起きたか」

部屋の前でリベルトを待ち構えていたフィリスを見て、リベルトは特になにも気にしていない様子でそう言った。

「ごっ、ごめんなさいリベルト様！　使用人の身でありながら、リベルト様のベッドを占領するなんて……！」

フィリスは自分の軽率な行動を恥じながら、リベルトに向かって頭を下げた。

なんの反応も返ってこないため、恐る恐る顔を上げる。すると、リベルトは涼しい顔をしたまま口を開く。

「寝ているやつと倒れているやつは、ベッドで寝かせるのが基本だろう。だから運んだだけだ。気にするな」

フィリスが寝ていたから、ベッドに運んだだけ。

そのリベルトの主張は、特に厚意でやったわけではないことが感じ取れた。

（普段非常識なのに、わけがわからないところで常識があるのね）

知れば知るほど、リベルトという人物は興味深い。

とりあえず、全然気にしていないようでよかったとフィリスは胸を撫で下ろす。

「お心遣い、ありがとうございます。すぐに着替えて朝食の準備をしてきますね」

部屋には、昨日運んだままの配膳用ワゴンが放置されていた。

（……料理がなくなってる。リベルト様、ちゃんと食べてくれたんだ）

空になった皿を見て、フィリスの口角がおもわず上がった。

「食事はいい。朝は食べないんだ」

「……そうなんですか？　では、フルーツや飲み物だけでも持ってきましょうか？」

「いらない」

「では、昼と夜はなにか食べたいものはございますか？　朝食を抜いた分、そこでしっかりバランスよく食べたほうがよいかと」

「昼も夜も、食べたいものは特にない」

リベルトは真顔で、淡々とした口調でフィリスに返事をした。

（そういえば、アルバ団長が言ってたわね。……リベルト様は三大欲求のすべてに興味がないと）

昨日休息の大事さは訴えたが、現時点でまだ睡眠欲が戻ったとは言いきれない。食への興味のなさも、さっきの会話でよくわかった。しかし、興味がない割にはしっかりとした肉体を保っている。

身の回りの世話をするうえでリベルトが薄着になった姿をちらりと見たことがあるが、きちんと筋肉がついた男らしい体をしていた。服を着ているときとのギャップがすごくて、思い出すだけでも少し顔が熱くなるほどだ。

「リベルト様って、これまでなにを食べて過ごされていたんですか？」

気になって聞いてみる。フィリスが世話係になってから、リベルトがまともに食事をとったのは、昨夜この配膳ワゴンにのせてあった料理が初めてだ。

「栄養剤だ。これを飲めば栄養はきちんと摂取できる」

リベルトが机に並べられた怪しげな瓶を指さした。そこには四つほどの瓶が並んでおり、中には錠剤が詰まっている。

「時短にもなっていい」

「そうかもしれませんが……こういったものの過剰摂取は、時に健康に悪影響を及ぼす可能性もあると思います。それに、市場に出回っているものが必ずしも安全かはわかりませんし……」

栄養剤は、ここ数年で市場に出回ったものだ。フィリスも存在は知っていたが、実際に見たのは初めてである。まだ健康への影響がきちんと証明されていないものにそこまで頼るのは、やや早すぎる気もした。

「あくまで栄養剤は補助的なものとして扱ったほうがよいかと。せっかく食事がたくさんとれる環境にいるのですから、もったいないですよ」

リベルトは根気強く説得すれば、言うことを聞いてくれる。それは昨日で立証済みだ。フィリスはなんとかして、リベルトにバランスのいい栄養摂取を心がけさせたいと考えた。

「あっ！　好きな食べ物はあったりしますか？」

これで栄養剤と言われてしまえば終わりだが、わずかな望みを賭けて質問する。

「……そうだな。ホワイトピーチパイ」

「ホワイトピーチパイ？」

名前を聞いただけでもみずみずしさが伝わってくる、おいしそうなパイだ。

「ああ。あれが毎日食後のデザートとして出てくるのなら、ご飯を食べる気にもなる」

（よかった！　リベルト様にもおいしいっていう感覚はあるんだわ！）

それなら、食にまったく興味がないというわけではないだろう。

「では早速、そのホワイトピーチパイとやらを私が作ってみます！」

一筋の光が差し込んだフィリスは、すぐにでも行動に移ろうと意気込んだ。

「無理だ」

声色を弾ませ気合を入れるフィリスを、リベルトの低音が一刀両断する。

「どうしてですか。ひょっとしてリベルト様、私が料理できないと思ってます？」

フィリスは頬を膨らませて腰に手をあてる。

令嬢は包丁すら握ったことがない。そう思われるのは至って普通のことだが、フィリスは違う。

昔から一通りの家事を手伝ってきた。キッチンに立つのだって日常茶飯事。一時期はお菓子作りにハマッたこともある。

「アップルパイやパンプキンパイは作った経験があるんですよ！　ホワイトピーチパイだって作れます。期待しててくださいね！」

「いや、そういう理由ではなく――」

「材料調達があるので昼食には間に合いませんから、本日の夕食を楽しみにしていてください！　早速ホワイトピーチパイについて調べてきますので、なにかあったら呼んでくださいね！」

　フィリスはリベルトの言葉をすべて聞き終える前に、気持ちと勢いが先行して部屋を出てきてしまった。

（絶対にリベルト様をぎゃふんと――じゃなくって、喜ばせてみせるわ！）

一度自室に戻り、湯あみも済ませ身支度を整えなおすと、フィリスは魔法騎士団の食堂へと向かった。

「フィリスくん！」

歩いていると、アルバが右手を上げてフィリスに声をかけてきた。

「アルバ団長、おはようございます」

「いやぁ、フィリスくんも毎日お疲れさま。今日は顔がすっきりしてるね」

「はい。おかげさまで。昨日はよく眠れました」

ここ数日、フィリスの目の下にはクマができ、はたから見ても疲れきって見えたのだろう。心配をかけないようににこりと微笑むと、なぜかアルバが気まずそうに視線を逸らす。

「ナタリアから聞いたよ。……君がリベルトの部屋に入ったまま、朝まで出てこなかったと」

いつの間にやら、ナタリアに一部始終を見られていたらしい。

アルバは後ろ頭をポリポリとかきながら、相変わらず視線をあちこちに泳がせている。フィリスと目を合わせるのを避けているようだ。

「世話係と言ったが、その、夜の世話までしなくても……」

「!? 待ってくださいアルバ団長。ものすごい勘違いをされています！」

アルバが目を逸らしている理由を察したフィリスは、目を見開いて慌てて誤解を解く。肩を両手で揺さぶりたい衝動に駆られるも、手を伸ばしたところで我に返り我慢した。

「え、違うのかい⁉　リベルトが部屋に世話係を泊めるなんて前代未聞のことだから、てっきりそういうことかと……」

「ありえません！　大体アルバ団長が言ったんですよ！　リベルト様は三大欲求すべてがないと！」

「……そうだったな。いや、すまない。あまりに驚いて勝手に盛り上がってしまった」

アルバは肩を落とし、謝罪で反省の意を示す。

「いくらなんでも盛り上がりすぎですよ……」

上司にあたるアルバ相手にも、フィリスは呆れを隠しきれなかった。

「君の言う通りだ。今朝、珍しくリベルトが治癒魔法士を訪ねに行っていたんだ。傷を診てもらうとか言って。しかも、君に頼まれたからなんて言いだすものだから、てっきり一夜を共にして親密になったのかと……」

誰かを自室に泊めるのも、素直に頼みを聞くのも、これまでだとあり得なかったことだから……と、アルバは勘違いした理由を必死に弁解してくる。

「たしかに私はリベルト様の部屋でうっかり寝落ちしちゃいましたが、変なことはしていません」

「わかった。誤解して悪かったよ」

「私より先にナタリアさんに会ったら、アルバ団長から訂正しておいてくださいね」

「了解。……あ！　それと、ヒーリングハーブの件も助かったよ。君のおかげで薬師も喜んでいたし、団員たちも一安心だ。あの薬がしばらく使えないと、なにかと不便だからな」

「私の魔法がお役に立ててよかったです」

「エルマーにちらっとその話をしたら、フィリスくんの魔法に興味を持っていたよ。今度、機会があったら見せてやってくれ」

フィリスが「わかりました！」と元気よく返事をすると、アルバはそのままフィリスとは反対側のほうへ歩いていった。

(アルバ団長に早めに会っておいてラッキーだったわ。変な噂が先行したらたまったものじゃない。……それと、私の魔法で、喜んでもらえたみたいでよかった)

散々ラウルに馬鹿にされてきたフィリスだったが、このときばかりは嬉しくて顔のにやにやが隠しきれない。誰かが興味を持ってくれたのも初めてで、フィリスの中で勝手にエルマーに対する好感度が上がった。

「あ、フィリスさん」

口もとを緩ませたまま食堂に行こうとしたところで、偶然にもエルマーが通りかかる。

「エルマー指揮官……！」

好感度が上がったばかりなので、自然とぱあっと明るい笑みを浮かべるフィリスだったが――。

「聞きましたよ。リベルトと一夜を共にしたらしいですね」

アルバと同じ誤解をされていると気づき、一気にテンションが下がってしまった。

「……はぁ。それは誤解なんです！」

「？　どういうことですか？」

この短時間でいったいどこまで広まっているのか。

アルバと同じように、フィリスはエルマーの勘違いを解いた。

「なんだ。誰かが勝手に話を飛躍させただけだったんですね。まぁ、そんなことだとは思ってましたけど」

「あ、じゃあ私をからかったんですね。エルマー指揮官ったらひどいです」

「すみません。あなたがどんな反応をするのか見てみたかったんです」

あはは、と棒読みな笑いと共に、エルマーは悪びれる様子もなく言った。

「というか、私のことはエルマーで大丈夫ですよ。指揮官までつけられると、団員と話している気分になるので」

「そうですか？　では、お言葉に甘えてエルマーさんって呼ばせていただきますね」

「はいどうぞ。それであなたは、こんなところでなにをしているんですか？」

「魔法騎士団の食堂へ行く途中です！　リベルト様の食生活のことで、ひとつ案が思い浮かびまして」

「ああ。リベルトはいつも栄養剤しか飲んでいませんからね」

リベルトが栄養剤に頼っていることは、エルマーも周知の事実らしい。ここで出会えたついでに、フィリスはエルマーに疑問をぶつけてみることにした。

「純粋に気になるんですが、リベルト様は普段から厳しい訓練や戦闘をこなしているんですよね？　人並み以上の体力を、栄養剤の過剰摂取でキープできるのでしょうか……？」

「彼はとにかく、体内に宿る魔力量がとんでもなく多いんですよ。その魔力が生体エネルギーのひとつとして働いているのだと思います」

魔力量が多い人ほど、魔力が体を最適な状態に保つ働きかけをしてくれるため、食事の頻度が少なくとも疲れにくく、栄養剤でも補えるのではないかとエルマーが教えてくれた。

「じゃあショートスリーパーで平気なのも……？」

「その特性によっては、睡眠を補うことも可能かもしれないですね」

「なるほど……」

とはいっても、それはあくまで推測にすぎない。

「ところで、食堂に行って、なにをするつもりだったのです？」

「シェフにホワイトピーチパイのレシピを聞こうと思いまして！」

顎下くらいの高さで両手を合わせ、フィリスはエルマーに笑いかける。

「……ホワイトピーチパイ？　あの奇人の唯一の好物ですね」

「エルマーさんもご存じでしたか。では、本当にリベルト様はそのホワイトピーチパイとやらがお好きなんですね」

早く作ってあげたいなぁと呟くフィリスに、エルマーが初めて会ったときのような哀れみの視線を送った。

「残念ですが、それは無理な話です」

「えっ！　どうしてですか⁉」

「ホワイトピーチパイは〝雪桃《せっとう》〟という桃を使って作るパイです」

「雪桃？」

「雪桃は国が長年かけて生み出した新種の桃です。私も食べたことがありますが、素晴らしい桃でしたよ。現在はこの王宮敷地内でしか栽培されていませんが、あなたも冬になればそのチャンスが巡ってくるでしょう」

「……つまり、冬になるまではホワイトピーチパイは作れないと？」

「そうなりますね。現在の季節は春。さらに夏と秋を越えるまでは不可能です」

フィリスはエルマーの話を聞いてやっと、リベルトが『無理』と言った意味がわかった。

「リベルトは初めてホワイトピーチパイを食べたとき、衝撃を受けたんでしょう。食に興味のないあの彼が、バクバクと平らげていましたからね。好きすぎて普通の桃に氷属性の魔法をかけて、独自に雪桃を作ろうとしていたくらいです。あれには私も笑わせてもらいましたよ」

王宮の庭師はひどく迷惑していたと、エルマーは口もとに手をあてて思い出し笑いをしていた。

（魔法を使って雪桃を作り出す……）

その話を聞いて、フィリスはぴんときた。

自分の持つ回復魔法を使えば、もしかしたらリベルトが過去にやろうとしたことが叶うかもしれない。

「エルマーさん、雪桃が冬に実るのは、寒冷な気候が成長に不可欠だからですよね？」

「まぁ、そうでしょうね。気温の管理がとても重要だとは聞きました」

「……ちなみにエルマーさんは、魔法で温度調整をすることは可能ですか？」

「それはできますけど……なにを企んでいるんです？」

フィリスの思惑に気づいたのか、エルマーは眉をひそめて一歩後退する。それに合わせるように、今度はフィリスが一歩前へ踏み出した。

「今日は訓練も任務もお休みでしたよね。リベルト様のスケジュール表で確認しました。エルマーさん、少し私にお付き合い願えますか？」

「うーん。そう言われても、私も暇ではありませんし……」

「エルマーさん。私の魔法にご興味があるのですよね？」

きっとおもしろいものが見られるかと思います。

そう言うと、エルマーの耳がわかりやすくぴくりと反応を見せた。

「わかりました。あなたの言葉を信じて付き合いましょう」

「ありがとうございます！　……では早速、王宮の雪桃があるハウスまで案内してください！」

フィリスはエルマーの両手を握ってお礼を言うと、エルマーはやれやれと肩をすくめた。

「私を案内人に使うのはあなたくらいですよ……」

小言を言いながらも、なんだかんだエルマーはフィリスの頼みを聞き入れてくれる。

フィリスはエルマーと共にハウスへ向かうと、ちょうど近くに居合わせた庭師に大きく手を振りながら声をかけた。

＊　＊　＊

『前菜からメインディッシュまで完食したら、ご褒美がありますからね！』

あれだけいらないと言ったのに、フィリスにしつこくそう言われ、リベルトは仕方なく夕食の席に着き、出された料理を食べきった。

元々小食というわけでもない。ただ、食に喜びを感じるということが幼い頃からなかった。なにをどうやって食べても、特別おいしいと思わなければ、特別まずいとも感じない。

そのうち食事をとる時間すら惜しくなり、五年前、魔法騎士団の寮へ移って栄養剤の存在を知ってからは、そればかりに頼るようになってしまった。

（二日連続できちんと夕食をとるなんて、久しぶりだな）

そもそも決まった時間に食事をすることは滅多にない。リベルトは水を飲みながら、デザートを取ってくると意気込んで部屋を出ていったフィリスを待っていた。

（俺に食事をとらせるために、なにかホワイトピーチパイの代わりを用意したのだろうか）

フィリスならやりそうだと、リベルトは思った。

まだ彼女が世話係となってから一週間程度だが、リベルトは現段階で確信していることがある。

――彼女は、これまでの世話係とは違う。

頼んでもないのに、将来のためとか言ってアルバが世話係を雇ってくるようになったのは、ちょうどリベルトが副団長に昇格した二年前からだ。

リベルト自身、任務をひたすらこなしていたら勝手に昇格していたというだけで、副団長になるのを望んでいたわけでもなかった。それでも、周囲からすればリベルトの力は強すぎて、一般団員に収まりきれていなかったのだろう。

副団長になり任務も執務も増え、それに加え趣味の魔物研究や魔法研究に妥協することなく時間を費やしていると、生活リズムが滅茶苦茶になってしまうのは当たり前のこと。

そんなリベルトの生活のリズムを正すために、アルバは世話係を雇ったのだろう——だが、ここまで本気でぶつかってくる者はいなかった。

元々世話係を不必要としていたリベルトは、当然自分のペースを崩そうとはしなかった。嫌がらせでもなんでもない。リベルトにとっての普通の日常を、当たり前のように過ごしていただけ。

そうすると勝手に『この人にはなにを言っても無駄だ』と早い段階で諦めてくれる。

今回もそうかと思った。

（でも、違った。……彼女は、フィリスは……諦めが悪い）

リベルトが世話係の名前をきちんと覚えたのも、フィリスが初めてだった。自分が相当変わり者だという事実も忘れて、リベルトからすれば、フィリスのほうがよほど変わり者に見えた。

「お待たせしました。リベルト様！」

フィリスは銀色の皿に蓋をして、中身が見えないようにしてデザートを運んできた。

そしてそれをリベルトの前に置くと、こちらの様子をうかがうようにして蓋を開ける。

「じゃーん！」

「……！」

嗅覚を優しく刺激する、雪桃の香り。冷たい冬の空気に溶け込むような清涼感と、ほんのりとした甘さが鼻腔をくすぐった。

黄金色に焼けたパイ生地の上に、淡いピンクと白が混ざり合った雪桃の薄切りがふんだんに並べられている。透明なシロップが雪桃に光沢感を出し、艶やかな輝きを放っていた。

「ご褒美のホワイトピーチパイです！」

花が周囲に舞っている錯覚を覚えるような、満面の笑みでフィリスが笑う。

リベルトはホワイトピーチパイだけでなく、フィリスのその笑顔からも目が離せなかった。

「……本物だ。どうやってこれを？」

雪桃は、冬にしか実らない果実だ。

さらに希少価値が高いため、今の地位にいなければ簡単にありつけることすらできない代物だ。

「種明かしは後にしましょう。先に召し上がってください」

「ああ。そうする」

望んだ通りのご褒美に、おもわずリベルトもふっと笑みが漏れる。

生きてきたなかで唯一感動を覚えたホワイトピーチパイを、まさか今日、この春の日に食べられるとは夢にも思わなかった。

フィリスが丁寧に切り分けてくれて、リベルトはフォークを手に取る。

「あ、待ってください！」

口に運ぶ直前、いちばんいいところでフィリスに制止され、リベルトのフォークを持つ手がぴたりと止まった。

夕食を終えたばかりでお腹は空いていないのに、我慢を強いられると早く食べたいと喉が訴えかけてくる。

「大事なことを言い忘れていました。昨日も今日も、残さず食べてくれましたね！リベルト様、やればできるじゃないですか！」

「……俺は小さな子供か」

二十四にもなって、食事を完食したくらいでこんなに褒められるとは。

「無理にとは言いませんが、今後も食べられそうならきちんと食事をとってほしいです。どうしても時間がないときは――」

言いながら、フィリスは近くに置いてあるワゴンから、小瓶を取り出してきた。

「……これは？」

「我が家秘伝のドリンクです！　野菜メインと、果物メインの二種類を作りました。野菜のほうは緑一色ですが、苦すぎず酸味と甘みもありますよ」

実家で家族が体調を崩し、食欲がないときによくこのドリンクを作っていたとフィリスは言う。手軽に一日分の野菜を摂取できるらしい。

「栄養剤を飲むなとは言いません。ただ、安全性が完全に証明されるまでは、この秘伝ドリンクで補うことも候補のひとつにしてくれませんか？　食感を残してポタージュ風にアレンジもできますし、ほかの保存食も今後考案してみますので！」

「それをこのタイミングで言うってことは、頷かないとホワイトピーチパイをお預けにするつもりだろう」

フィリスの企みはリベルトには透けて見えていた。図星だったのか、調子よくしゃべっていたフィリスの顔が一瞬こわばる。

「俺の唯一の好物を人質にとるとは、なかなかの策士だな」

「う……いいじゃないですか。ホワイトピーチパイを作ったご褒美として、お願いを聞いてください！」

（……俺が褒美をもらうには、彼女に従わなくてはならないのか）

そもそも夕食をとる褒美として、ホワイトピーチパイが出されたはずだ。だが、それをタダで受け取らせる気はなかったらしい。世話係というのに、なかなか頭を使ってあれこれしようとするフィリスに、リベルトはもはや感心の念を抱き始めた。

「わかった。でも、どこで雪桃を入手したかは必ず教えてもらう」

「それはもちろんです！　ありがとうございます。リベルト様！」

自分のひとことで表情がころころ変わるフィリスを見ていると、リベルトの口角が笑顔と気づかれない程度に少し緩む。

「もう食べるぞ」

「好きなだけ食べてください。ふふっ」

リベルトはようやくホワイトピーチパイを口に運んだ。

桃特有の甘さに加えて、冬の風のようなひんやりとした舌ざわり。食べ終えると口内に爽やかさが残り、シロップも甘すぎずいい具合に雪桃に絡みついている。

パイ生地もさくさくとした食感で、リベルトは雪桃単体でなく、このパイ生地と一緒に雪桃を食べるのが好きなのだと改めて気づかされた。

（桃だけで食べたときはなんにも感動しなかったが……やはり、パイにするとおいし

いな）

好物を堪能していたそのとき、なんだか視線を感じてそちらに目をやった。すると、フィリスがじぃっとホワイトピーチパイを食べるリベルトを凝視していた。

「……なんだ？　君も食べたいのか？」

「えっ。いいんですか？」

待ってましたといわんばかりの即答に、リベルトの頬がおもわず緩む。

「ああ。君が用意してくれたんだろう。座って一緒に食べたらいい」

そんなに食べたいなら、目線で訴えかけずに言えばいいのにとリベルトは思う。

「……お世話係なのに、一緒に食べていいんですか？」

「逆にダメな理由がどこにあるんだ？　早くしないと、俺が全部食べるぞ」

使用人と主の上下関係などリベルトが気にするわけもなければ、把握する気もなかった。

フィリスもその空気を察したのか、リベルトの向かい側に座ると、空いた皿の上にパイを一切れのせてぱくりと口に含む。

「んーっ！　おいしい！」

左手を頬に添えて、フィリスは至福の笑みを浮かべた。

「味見はしなかったのか？」

「はい。シェフと作ったので間違いはないかなと。最初は絶対、リベルト様に食べてもらいたかったから」

初めての雪桃に舌鼓を打ちながら、フィリスは目を柔らかに細めてリベルトを見つめた。

「さっき、すこーしだけど笑ってくれてましたよね。おいしそうに食べてくれて嬉しいです」

自分でも気づいていない笑顔を指摘され、リベルトはフィリスの言葉に同意はできなかった。しかし、ひとつ気づいたことがある。

(そうか。パイではなく、パイを食べる俺を見ていたんだな)

そんなの見たってなにも楽しくないだろうに、フィリスは嬉しいと笑っている。

「……君ってつくづく変わり者だな」

「⁉　リベルト様にだけは言われたくありません」

本音を漏らすと、フィリスがショックに眉根を寄せて全力否定してきた。

「いいや、君はおかしいぞ。こんな女性には会ったことがない」

フィリスの否定を、今度はリベルトが否定する。

「お、おかしい⁉ せっかくホワイトピーチパイを用意したのに、なんでそんなこと言われなくちゃいけないんですかぁ……しかもリベルト様に……」

よほど嫌だったのか、フィリスはパイにフォークを指しながらぐったりと項垂れた。

「そんなに落ち込むことか？」

悪口か褒め言葉かでいうと、後者のつもりで言ったのだが、フィリスには伝わっていないようだ。

「落ち込みますよ。どれだけ私は変人なのかって」

そう言って、フィリスは多めの一口を豪快に口の中に放り込む。いい食べっぷりで、見ていて気持ちがいい。

「……ん〜！ 落ち込んでてもパイがおいしすぎて、どうでもよくなっちゃう」

もぐもぐと口を動かして、フィリスは再度雪桃に感動を覚えている。

「なるほど。食事にはそういった効果もあるんだな。おいしいものを食べれば、怒りや悲しみも落ち着かせられる」

「まさにそうです！ これは味のない栄養剤を飲んでも得られない快感ですよ」

「覚えておこう」

リベルト自身、あまり感情に振り回されるタイプではない。

好きなことを好きなだけやっているので、知らぬ間に疲労を抱えることはあっても、ストレスはほぼゼロだ。

それでも、覚えておいて損はないだろう。たとえば食事ひとつで、怒り狂っているアルバやエルマーの機嫌をとれる可能性もある。リベルトはひそやかにそんなことを考えていた。

「これからいろんなものを食べれば、好物が増えるかもしれません。一緒に探していきましょう。」

「べつに、わざわざ探さなくたって――」

「リベルト様と一緒に楽しめることが増えてよかったです」

あまりに純粋な笑顔を向けられて、リベルトは言いかけた言葉をパイと一緒に飲み込んだ。

（まぁ、いいか……）

世話係の好きにさせてみよう。

そう思えたのは、このホワイトピーチパイがおいしすぎるせいにしておいた。

＊　＊　＊

ホワイトピーチパイを作って一夜明け、フィリスは朝からリベルトと王宮敷地内にあるハウスへと足を運んでいた。

リベルトに雪桃の入手先を教えると約束したが、昨日はもう夜だったため、一日持ち越しての種明かしとなった。

昨日もお世話になった庭師に軽く挨拶をして、フィリスはリベルトと共に雪桃を栽培しているハウスへ向かう。

「俺も一度だけハウスに来たことがある。懐かしいな」

「エルマーさんから聞きました。リベルト様、魔法を駆使して雪桃を編み出そうとしたんですよね？」

「ああ。二か月はその研究に費やしたが、結局うまくいかなかった」

当時を思い出しているのか、リベルトは悔しそうに唇をきつく結ぶ。

「そういえばリベルト様って、どんな魔法が使えるんですか？」

氷魔法が使えるのは確定だろうが、たぶんそれだけではないだろう。昨日一緒に作業をしたエルマーも、五属性すべてを扱えていた。

「俺はいわゆる五属性の自然魔法すべてと、水属性に派生する氷魔法を得意としている。氷だけ使える者はいるが、五属性に加えて派生まで使える者はそういないと団長に言われた」

「へぇ！　すごいです！　五属性使える人自体少ないのに！」

魔法騎士団の役職者となれば、五属性使えるのが当たり前になるのだろうか。

「魔法士団にはうじゃうじゃいるぞ。あっちはひとつの魔法を極めている者も多いがな。団長のローランなんかは、転移魔法が使える」

「転移って、瞬間移動みたいなやつですか⁉」

「ああ。俺はどちらかというと、魔法の術式や剣技との連携を組み立てるのが好きなんだ。使える魔法は特殊でなくても、いろんな魔法を組み合わせれば特殊魔法を生み出せる」

簡単そうに言っているが、それはとても難しいことだろう。魔法の術式なんて考えだすとキリがないし、あらゆる魔法を組み合わせるには、すべての属性のコントロールを完璧にしなくてはならない。

特殊でない魔法で、特殊魔法を作り出す。そのリベルトの考えは、素直に素敵だとフィリスは思った。

フィリスの魔法は特殊といえるが、それはいい意味ではなく、期待外れの特殊さだ。

ラウルやその周辺の人たちにも、散々馬鹿にされてきた。植物なんて回復させなくとも、また種を蒔けばいいだけだと。

（……でも、今回は特殊なおかげで、雪桃を春に生み出すことができた。薬だってそう。もしかしたら、私の魔法はもっといろんなことに役立てられるかもしれない）

普通の回復魔法ならば、到底無理だったことができたのだ。フィリスはここへきて、自分の魔力を前向きに捉えられるようになりつつあった。

「というか、ここに本当に雪桃があるのか？　まだほんの小さな幼果しかないぞ」

木になる桃は、小さな小さな緑色の幼果だ。

普通の桃は果実を実らせるまでに四か月ほど時間がかかるが、雪桃は幼果となってから半年以上を要する。しかも、ここからの温度調節が重要なのだ。

「この幼果です。これを私の魔法で一気に成熟させたのが、昨日召し上がった雪桃の正体ですよ」

「……君の魔法で？」

「はい。私の持つ魔力は植物を回復させる魔法と……成長を促進する魔法なんです！」

薬のときにあえて言わなかった自身の魔力の詳細を、フィリスはようやく明かした。

そして、フィリスが成長の促進もできることに気づいたのは、王都に来てからだった。初めて市街へ足を踏み入れたとき。フィリスが花壇にあった蕾状態の花を回復させようとしたら、どういうわけか開花させてしまったことがあった。

　そのときの引っかかりを、フィリスは頭のどこかでずっと覚えていた。そして魔法騎士団で働くことになり、リベルトが戻ってくるまでの二日間。

　ナタリアに頼まれて花瓶に花を生けていたときに、また蕾状態の花を見つけ、こっそり魔法を発動してみた。すると、花壇の花と同じように、蕾が綺麗な花を咲かせたのだ。

「初めは回復だけだと思ってたんですが、こんなこともあるんですね」

　促進に気づいた過程をリベルトに話しながら、フィリスは自分の手のひらを見つめて眉を下げて笑った。

「君と魔法の相性がよかったんだろう。魔法というのは、相性がいいからその人に宿るわけではない。せっかく魔力を身に宿しても、うまく使いこなせない場合もある」

　相性と、自分の魔法との向き合い方。それによって、魔法がパワーアップすることが稀にあるとリベルトが教えてくれた。

「魔力も成長するってことですね……！　すごい。私、田舎暮らしであまり知識がなかったので知りませんでした」

「無意識にパワーアップさせるのは大したものだ。……植物の成長の促進か。もしかして、先日の薬草も君の魔法が関わっていたのか?」

「それは——はい。そうなりますね」

専属のお世話係なのに、出すぎた真似をしてしまったかと、フィリスは少し不安になった。

「俺が研究に研究を重ねてもできなかったことが、君の魔法なら簡単に叶えられるとは」

だが意外にも、リベルトは感心したように言う。

「あ! でも、雪桃に関しては私ひとりではできなかったんです。リベルト様も知っているでしょう? 雪桃は、成長の過程で温度調節が必須だって。私はそこまで管理できないんです。だからただ成長を促進させるだけでは、雪桃は枯れてしまいます」

成長の促進。言葉だけで聞くと優れた能力のように思えるが、フィリスの魔法はそういった細やかな調整まではできなかった。

もしかすると、まだ促進の魔法を覚えたばかりで、うまくコントロールができていないせいかもしれない。

「じゃあ、昨日はどうやって雪桃を?」

「偶然会ったエルマーさんに手伝ってもらいました。私が促進魔法をかけて、その成長に合わせてエルマーさんが桃の周りの温度を調節してくれたんです。さすがにハウス全体の温度はいじれませんからね」

昨日、フィリスがエルマーを連れ出したいちばんの理由。それは、雪桃を作るためのサポート役だ。

（エルマーさんも楽しんでくれていたし、結果オーライだわ）

エルマーはフィリスの特殊魔法を目の前で堪能し、最後には『本当におもしろいものが見られました』と満足げな表情を浮かべていた。

「君に頼みがある。昨日エルマーがやった役割を、今から俺にやらせてほしい」

リベルトが真剣な眼差しで、フィリスを見つめた。

「えっ！　今からですか」

「俺は雪桃を調べ尽くしている。俺がやったほうが、昨日よりさらに上をいく最高の雪桃を作り出せる」

（み、見たことないくらい瞳が燃えている……）

触れると熱そうなくらい、リベルトは全身から闘志の炎を燃やしていた。

「……わかりました。やってみましょう」

フィリスとリベルトは目を合わせて、力強く頷き合う。

こうしてふたりの、初めての共同作業がスタートした。

フィリスは成長促進の魔法に集中し、ひたすらその魔法を発動し続ける。次第に幼果は緑から白へと色を変化させ、それに合わせてリベルトが火魔法で適度な温度を保ち、水と風で湿度と空気の流れを微調整していく。

全力で集中し、一時間ほど経った頃――まだ幼果だった雪桃は、少しだけピンクがかった白い桃へと姿を変えた。

（さすがリベルト様……！　なにも見なくたって温度調節が完璧！　素晴らしい記憶力だわ……）

額に滲んだ汗を拭い、できあがったばかりの雪桃をリベルトに渡す。

「……ようやくできた」

感慨深そうに、リベルトは瞳を輝かせて雪桃をあらゆる角度から見つめている。

「ありがとうフィリス。君のおかげで、念願のリベンジが果たせた」

リベルトの表情が明るくなり、唇が柔らかなカーブを描く。優しい微笑みを受けて、フィリスは温かな気持ちになった。

「いいえ。お手伝いができてよかったです」

散々馬鹿にされてきた魔法でも、目の前のひとりを喜ばせることができたなら、こんなに嬉しいことはない。フィリスは初めて、自分の魔法に自信を持てた。

「この技術があれば、いつでも雪桃が食べられるな。俺と君が協力すれば、冬でなくとも作り放題だ」

「なにを言っているのですかリベルト様。そんなことをしては、雪桃の価値が低くなります。これは冬にしか食べられないから価値があるんです」

いつでも食べられるようになれば、高値で売れなくなるだろう。国が一生懸命、品種改良を重ねて生み出したブランド品だ。ほかの雪桃はこのまま、冬に実るのを待つべきだとフィリスは主張する。

「……そうか。では、次に食べられるのは冬なんだな」

捨てられた子犬のように、リベルトは広い肩幅を縮めてしゅんと落ち込んだ。なんだか母性本能をくすぐられるようなかわいらしさがあって、ついフィリスも慰めモードに入ってしまう。

「ま、毎食ホワイトピーチパイを出すのは無理だけど、月に一回ならいいと庭師に許可をもらっています」

「……いいのか?」

「はい。その代わり昨日も言いましたが、毎日きちんとした食事をとってくださいね」

人さし指を立てて、フィリスはリベルトに言い聞かせた。

「わかってる。……世話係だからって、君がここまでしてくれるとは思わなかった」

「リベルト様のことは、なんだか仕事とか関係なく放っておけないというか……」

リベルトはいろんな意味で危うい男。

最初は高い給料をもらっているからこそ、アルバの期待に応えられるよう、できる限りのことをしよう。それだけだった――が、一緒に過ごしていくうちに、単純に放っておけなくなった。フィリスが元々世話好きなせいもあるだろう。

そういった意味では、世話係という仕事はフィリスにぴったりだった。

「すっかり目が離せない存在です」

フィリスは上目遣いでリベルトを見上げると、目尻を下げてふわりと笑った。柔らかで清廉な桃の香りが広がるハウスにぴったりの、優しい微笑みだった。

微《かす》かに目を見開いて、リベルトはフィリスの顔をじっと見続ける。変な顔でもしていたかと思い、注がれる眼差しにフィリスのほうが目を背けたくなった。

「……その顔」

「え？」

「昨日から、君のその顔を見ると、この辺がぽかぽかする」

「は、はい?」

自らの左胸にそっと触れながら、リベルトは至って真面目な顔でそう言った。

「フィリス、君の笑顔はかわいいな」

ふ、と小さく笑って、リベルトは左胸を押さえていた手をゆっくりとフィリスの頭上にのせた。二回ほどぽんぽんと撫でると、満足したのか手を離す。

(……な、な、なに今の)

あまりに唐突な言葉と共に頭を撫でられ、フィリスはなにが起きたか理解できなかった。

ずっと険しい顔をして、こっちを見ようともしなかったリベルトが、確実に心を開いてくれている。その事実に直面したとき、フィリスの顔がカッと熱くなる。

(天然人たらしでもあるなんて……ますます危ういわ。リベルト様)

改めて、フィリスはリベルトという男の危険性を思い知らされたのだった。

その日のランチタイム。

騎士団の食堂は、かつてないほどざわついていた。

「お、おい。副団長が食堂に来てるぞ」

「何年ぶりだ？　しかもちゃんと、ランチセットを頼んでるぞ！」

フィリスときちんと食事をとるという約束をしたリベルトは、魔法騎士団の食堂に姿を現した。

――今までいっさい食堂に寄りつかなかったリベルトが現れたのだから、皆が驚くのも当然のことだった。


リベルトが自主的に足を運ぶようになって数日が過ぎ、団員たちはようやくリベルトが食堂にいる状況に慣れ始めていた――そんなある日。

「フィリス。ホワイトピーチパイに続くうまいものを見つけたんだ」

食堂から戻ってきたリベルトがそんなことを言いだした。

「へぇ！　どんな食べ物ですか？」

「ミートパイとアップルパイだ。どちらもおいしい。ホワイトピーチパイを初めて食べたときの感覚に似ている」

「へ、へぇ。そうなのですね」

「明日はレモンパイに挑戦しようと思う」

リベルトはどうやらパイ生地にハマッたようで、それからもいろんなパイを食べ比べていた。それがきっかけで食に興味を持てたようだが……。

(リベルト様って、雪桃が好きだったのではなく、もはやパイ生地が好きだったんじゃあ……)

フィリスの中に浮かんだそんな疑念は、心の中にとどめておくことにした。

5 副団長、寝てください！

「フィリスくん！　素晴らしい！　このひとことに尽きる！」

「ありがとうございます。アルバ団長」

フィリスが魔法騎士団で働くようになって一か月が経った。今日はアルバとの定期面談で、最初に面接をした客室に呼び出されている。

懐かしのオレンジティーとマカロンをお供に始まった面談だったが、開口いちばんにアルバから称賛を受け、フィリスも鼻が高い。

「いやぁ、まずこの定期面談をできたことが嬉しいよ。これまで一度もできなかったからな！」

「最初の三日間くらいはたしかに心が折れそうでしたが……思ったより、リベルト様は素直な人でした。最近は食事も楽しんでくれています」

「知っているとも。あいつが食堂に来た日はえらく話題になったからな。私のところに団員が押し寄せてきたほどだ」

アルバは豪快に口を開けて笑った。

「私たちがどれだけ言ってもダメだったのに、フィリスくんはすごい。この短期間であいつを懐柔できているんだからな」

「いえ。まだまだです……ひとつクリアしたとしても、問題は山積みですからね」

「そりゃあそうか。そんな一筋縄でいくようなやつじゃないよなぁ。それでも、続いているだけでも大したものだ。君は特別なんだってことを忘れないでくれ」

仕事をこなしているだけで君は偉いと、アルバは惜しみなく褒めてくれた。

（なんだかアルバ団長がお兄様の代わりになってくれているみたい）

実家では、いつもジェーノが小さなことでもフィリスを褒めてくれていた。見た目も性格も全然違うが、アルバにジェーノの影が重なって安心感を覚える。

「それで、リベルトに関する現段階でいちばんの悩みはなにかな？　やはり、部屋を荒らすことだろうか」

「そうですね……部屋の片づけに関しては、仕事量的に少々仕方ないとも思えてきたのですが……」

一緒に過ごすことで、フィリスはリベルトが片づけをできない理由がわかった。

そもそもリベルト自身、任務の件数が多いので、そのぶん報告書や資料作成の件数も日々増える。任務で赴いた現場での情報収集、そして魔物を討伐するごとに、安全に効率よく魔物を討伐できるよう早急に資料にまとめているため、資料作成に片づけが追いつかないのだ。

「そこまでやる必要ないって言ってんのに、あいつは好き好んでやるからなぁ」

「ですよね……それよりも、全然眠らないのが気になります」

「……あー。なるほどなぁ」

アルバは両手を頭の後ろで組むと、うーんと難しそうな表情のまま唸った。

以前、リベルトに休息の大切さを説いたものの、それはリベルトにとって〝ふらふらになるまで体を酷使してはいけない〟という意味で解釈されている。

（リベルト様はとにかくショートスリーパーなのよね。資料まとめに訓練、任務があればすぐに向かっちゃう）

睡眠時間を確保するという概念がそもそもないように思える。

「食欲の次は、睡眠欲の改善だな」

「そうですね……頑張ってみます。三大欲求のうちのひとつはクリアできましたからね」

「だな。睡眠の改善が終われば……」

アルバは言いかけてぴたりと止まる。すると、耳を真っ赤にさせてあたふたとし始めた。

「い、いや。さすがにそこまで任せる気はない！　安心していいぞ。フィリスくん！」

「……？　は、はい」

フィリスは自分で三大欲求という言葉を発したものの真剣にリベルトの睡眠について考えていたため、アルバがなにをそんなに慌てているのかよくわからないまま面談を終えた。


あっという間に一日は過ぎ、時刻は二十二時。フィリスの今夜の目標はリベルトを眠らせること。彼が寝入るのを見届けるまでは部屋に戻らないつもりだ。

リベルトは湯あみを終えたばかりの体にナイトガウンを羽織り、部屋に戻ってきた。

フィリスはベッドメイキングをする手を止めて、冷たい水を用意してリベルトに渡す。

「ありがとう」

水を受け取ると喉を鳴らして一気飲みするリベルトの漆黒の髪からは、雫《しずく》がぽたぽたと落ちている。

その水滴は、胸もとが大きく開いたガウンの隙間から見える筋肉の線を伝っていく。妙に色っぽく見えて、フィリスはさっと視線を逸らした。

「リベルト様、今日はどうしてガウンなんですか」

「いや、団長がこのガウンは着心地がよく着脱がラクだと言っていたから試してみた。たしかに着替えの時間も短縮できてよさそうだ」

仕事以外のことをなんでも時短したがるのはやめてほしい。

だが、ダークグレーのシルクガウンは肌触りがよさそうで、リベルトによく似合っていた。肩のところが水滴のせいか、色が濃く変わっているのが少し気になる。

「ちゃんと髪を拭かないと、風邪ひいちゃいますよ。せっかくの新品のガウンも濡れてしまいます」

部屋に置いてある予備のタオルを渡すも、リベルトは肩にかけるだけで拭こうとしない。

「大丈夫だ。君みたいな長い髪ならともかく、俺のは放っておいたら乾く。いつもそうだ」

そう言いながらまた机に向かうリベルトを見て、フィリスはぎょっとする。

「リベルト様、これから仕事をする気ですか？　今日、ずっと執務をこなしていたじゃないですか」

「執務とは別に、魔物研究の続きをやりたい」

「……リベルト様って、なにをきっかけにそこまで熱心に魔物の研究や資料まとめをするようになったのですか？」

単に魔物そのものや、攻略法を考えるのが好きなだけで、ここまで熱心になれるものなのだろうか。

だとしたら、それらを好きになったきっかけはなんなのか気になった。

「……執務で似たようなことをしているうちに、魔物研究の奥深さに魅せられただけだ。深い理由はない。趣味のようなものだ」

「趣味レベルで済むようなクオリティではないですよ。本にして売ったら、かなりの需要がありそうです」

「大袈裟《おおげさ》だ。これくらい普通だろう」

絶対に普通ではない。フィリスは、細かく分析された制作途中の資料をちらりと見ながら心の中でそう思った。

「あのー……もうひとつ、ずっと気になってたんですけど」

「なんだ」

リベルトは椅子の向きを斜めに傾けて、机を覗き込むフィリスのほうに体を向けた。

「リベルト様って、眠くならないんですか？」

直球な質問に、リベルトが目を丸くする。

「……眠くなるというか、気づいたら寝ているな。君も見ただろう」

それは寝ているというより、気絶なのでは？とフィリスは思う。

「あれは特殊な例というか……つまり、あそこまでいかないと眠いという感覚が襲ってこないと？」

普通に一日過ごしているだけでも勝手に眠くなるというのに。なんならぼーっと過ごした日だって眠気はやってくるものだ。

常人の何倍も体も頭も使っているリベルトが眠くならないのなら、それは特殊な体質を持っていると考えられる。

「……わからない。本当はすごく眠いのかもしれないが、仕事に夢中になってからはその感覚がどんどんわからなくなってきた」

膝の上に置いた両手の指先だけを絡めて、リベルトは俯いた。

眠いのがわからないというのは、どんな感覚なのか。フィリスには想像もつかない悩みだ。

「俺は魔法騎士団での仕事が好きで、なにより仕事がいちばんだ」

「はい。それは知っていますよ」

「副団長になってから仕事が増えた。魔物討伐などの外仕事のほかにも戦略策定の確認、予算管理、アルバ団長の補佐仕事……それに魔物の情報管理」

「かなり増えたんですね。どれも大変そうですけど……」

「俺にとってはありがたいことだった。やることが多ければ多いほど、集中力が上がっていった」

効率重視のリベルトらしいと、フィリスは感心する。

「とにかく仕事をする時間を確保したくて、やりだしたら止まらなくて……眠気が襲ってきたら、一時的な強化魔法をかけることもあった」

「強化魔法？」

強化魔法は対象の身体能力や、特定の部位の機能を一時的に向上させることができる魔法だという。自分自身にその魔法をかけることで、眠気を覚ましていたとリベルトは言った。

（強化魔法も使えるんだ……）

まだまだリベルトは、フィリスが知らない無限の力を秘めているような気がした。

「でもそれって、体に負担はかからないのですか？」

「当然かかる」

腕と脚を組んで、リベルトはきっぱりと言い放った。

「そ、そんなドヤ顔で言われても」

「強化魔法っていうのは、いわゆる元気の前借りだ。頻繁に使用するのは禁止されている」

そのため、リベルトはできるだけ自主的に就寝しないよう心がけた。たまに眠くなれば強化魔法を使い眠気を飛ばす。そんなことを繰り返していると、眠いという感覚があやふやになってしまったらしい。

「……リベルト様。その状態って危険だと思います。この前言ったのと同じですよ。体が悲鳴を上げているのに、リベルト様が気づけていない。そういう状態です」

父親がよく言っていた、フィリスに似ているという曾祖母。彼女はいつも元気で、亡くなる直前まで働いていたという。

(だけどある日……本当に突然、過労で命を落としたと聞いたわ)

働き者だった曾祖母は、睡眠時間をほぼとっていなかったと後になって周囲が気づいたという。フィリスも働き者として昔から両親には褒められていたが、睡眠だけはしっかりとるよう言い聞かせられていた。それは、過去にこういう背景があったからだろう。

「私、リベルト様が過労死なんてしたら嫌です……！」

曾祖母の話を思い出すと、フィリスは猛烈にリベルトの未来が不安になってきた。

「俺は死ぬ予定はないが……」

「死は足音も立てず、突如――いや、じわじわ襲ってくるものだってあります。過労死なんかは、まさにそうだと思いませんか？」

「……だとしたら、俺はどうすればいいんだ？」

じりじりとフィリスが詰め寄ると、リベルトが頭上にハテナを浮かべたような表情で問いかける。

「せめて最低限の睡眠はとりましょう」

「だから、俺は眠気がわからないんだ」

「それなら思い出させるしかありません。どうやったらリベルト様が気持ちよく眠れるようになるのか、いろいろ試してみるんです！」

フィリスはリベルトの快眠のための手段を模索することにした。

まず試してみたのはアロマだ。フィリスは部屋にアロマストーンを持ってくると、ベッドのサイドテーブルに置き、精油を垂らした。

雰囲気づくりのためにろうそくの明かりのみが揺らめく部屋を、森林の深奥から漂ってきたかのような温かな香りが包んでいく。爽やかさとほのかな甘さが絡み合った森の香りは、心にも体にも安らぎを与えてくれている。

「……どうですかリベルト様」

ベッドに横たわるリベルトに、フィリスが内緒話をするかのような声で問いかける。その間も手をパタパタと動かし、リベルトがいる方向へ香りを送るのは忘れない。

「この香り……森で魔物退治をしたときの記憶がよみがえってきて、なんだか興奮してきた」

「……リベルト様、これは癒やしの香りです。興奮する香りではないかと思いますが」

「君は知らないだろう。あれは中東部の森に任務で行ったときの話だ。猛毒を持つ魔物が現れ、俺たちは苦戦した。やつらの角に触れれば全身に紫の斑点が出て――」

ダメだ。完全に目が冴えている。それだけでなく、いつ終わるかわからない思い出話まで始まってしまった。しかもなんだか聞いているだけでぞわっとする。

（森の香りなんて選ぶんじゃなかった！）

フィリスはアロマストーンをいそいそと片づけると、別の作戦を実行することにした。

「リベルト様、ベッドの上でうつ伏せになってください」

「……なにをする気だ？」

「マッサージです。安心してください。背後から襲いかかろうなんて思っていませんから」

そう、次はマッサージだ。

疲れた体を柔らかくほぐし、リラックス状態にさせれば、自然と眠気も襲ってくるはず。

（ラウル様に覚えろと言われて会得したマッサージ術が、こんなところで役立つとはね。今となっては感謝だわ）

婚約者のフィリスにマッサージを要求していたラウルは、マッサージを受けるといつもあっさりと寝落ちしてしまっていた。寝落ちした瞬間にフィリスはマッサージをやめていたが、それに気づかないほどの熟睡だった。

「では、いきますよ。力抜いてくださいね。リラックス〜、リラックス〜……」

まずはうつ伏せになったリベルトの脚に、フィリスは優しく手に体重をのせて圧をかけていく。

「……なかなか気持ちいいな」

「そうでしょう？　私、結構自信あるんです」

この体勢ではリベルトの表情は見えないが、反応がよくてフィリスもよりいっそうマッサージに気合が入る。

（わあ。こうやって見ると、リベルト様の背中って広いんだなぁ……）

ここへ来て数日は、この背中が恨めしかった。いつもいつも背中を向けられていたから。

（……ちょっと強めにマッサージして、背中に仕返ししておこうかしら）

ぐっと力を込めて背中を押すと、硬く引き締まった筋肉が手に吸いつくように感じられた。長年の鍛錬で培われたであろうその体は、触れるだけだと硬いが、適度に圧力をかけるとゆっくり指が沈み、柔らかに反応してくれる。

「んっ……」

リベルトは低い声で息を吐き、首を横にしてフィリスをちらりと見上げてくる。

「そんなに細い腕をしているのに、結構力があるんだな」

くすりとリベルトが微笑を浮かべた。

「痛かったですか？」

「いいや。これくらいがちょうどいい。……ただ」

リベルトがなにか言いたげだったため、フィリスは一旦マッサージする手を止めてリベルトの言葉を待った。

「気持ちはいいが全然眠くならない。睡眠に効果はなさそうだ」

「えぇっ！」

マッサージは自信があったため、フィリスはがっくりきてしまった。

「ただ体はラクになった。おかげですっきりした」

フォローのつもりなのだろうが、上体を起こしたリベルトは表情まですっきりしている。目まで冴えられては意味がない。

——その後もフィリスはリベルトと一緒に、温かいハーブティーを飲んだり、マッサージ後なのにストレッチをしたり、あらゆる方法を試してみた。

それでもリベルトはいまだに眠くならないようで、今日はもう諦めようかと思ったそのとき。

フィリスはジェーノがよく言っていたある言葉を思い出した。

『フィリスの膝枕が、世界でいちばん気持ちいい枕だ！　あっという間に眠ってしまうよ』

お互いにいい年齢になってからは、少し気恥ずかしくてフィリスは膝枕をしなくなったが、もしかしたらリベルトにも効果を発揮するかもしれない。

　さすがに床にリベルトを寝かせるのも、自分がリベルトのベッドに上がるのにも抵抗があったため、フィリスはソファの左端に腰掛けてリベルトを呼んだ。

「来てください。リベルト様」

「ソファに座ればいいのか？」

「いえ……その……」

　こみ上げる羞恥心をこらえ、フィリスは頬を微かに赤く染めたまま、自らの手で膝を軽く叩いた。

「私のここに、頭をのせて寝てくれますか？」

「……」

　リベルトがロングスカートに覆われたフィリスの膝をじっと見つめる。

「……そうすると眠くなる効果があるのか？」

「らしいです。物は試しと思ってどうでしょうか。もちろん、無理にとは言いません」

　こっちが緊張している様子を見せたら、リベルトまで緊張してしまうかも。そう思い、フィリスはできるだけ平静を装ってそう言った。

（リベルト様ってあんまりこういうの深く考えなさそうだもの。ひとりで緊張してたって意味ないわ。お兄様に膝枕するのと、なんら変わりないことよ）

変にリベルトを異性として意識しないように、フィリスは自分に言い聞かせる。

「わかった。やってみよう」

思った通り、リベルトは膝枕に対して特に動じることもなく、真顔のままソファに体をのせてきた。

そしてゆっくりとフィリスの膝に頭を置くと、片足を折って長すぎる脚をソファに伸ばす。

(これは――思いのほか恥ずかしい！)

実際にやってみてわかった。血のつながりがあるジェーノに膝枕するのとはわけが違う。

フィリスはなかなかリベルトの表情を見ることができず、ひたすらに壁とにらめっこする。こんなときに限ってリベルトも無言なため、心臓の音だけがやけにうるさく聞こえた。

(ど、どうしよう。このままじゃ心臓の音聞かれちゃうかも！)

意識すればするほど、鼓動は速く、大きく脈打ってしまう。

なにか言わないと、そう思うのに、こんなときに限って言葉が出てこない。

(ん？　……というか、リベルト様がこんなに静かってことは眠くなってるのかも)

しゃべらないだけでなく、膝を枕にするリベルトは微動だにしないのだ。

それに気づいたフィリスがようやく視線を落とせば――ばっちりとリベルトと目が合ってしまった。よく見ると、リベルトの頬に赤みがさしている。さらにそれは、まるで内側から火が灯ったかのように色濃く変化していった。

リベルトは自分の顔の熱さに気づいたのか、左手で目から下を覆うようにする。そしてフィリスから視線を逸らすと、小さな声で呟く。

「思ったより……恥ずかしい、な」

いつも仕事以外のことは基本無関心で、あんまり表情を表に出さないリベルトの、初めて見る表情だった。

(リベルト様も、照れたりするんだ……。私と同じ気持ちだったのかな?)

ひとりで緊張していたわけではない。その事実に気づくと、フィリスの心は嘘みたいに落ち着きを取り戻していく。

「ふふ。……そうですね」

「君は、誰にでも当たり前にこんなことをするのか?」

「いいえ。子供の頃、兄にやってあげたことはありますが……それ以来は初めてです」

「……そうか」

「兄はこれが世界一気持ちいいと言っていたので試してみたんですが……」

膝の上で広がるリベルトの黒髪に手を伸ばし、優しく撫でるとリベルトがびくりと反応した。

「あ、髪の毛に触れられるのは嫌でしたか？」

「そうじゃない。驚いただけだ。ただ、君はずいぶん余裕があるように見える」

リベルトの眉は少し寄せられ、目は伏せられたまま、不満の色を隠しきれていない。

「余裕なんてないです。でも、さっきよりは出てきました。リベルト様も恥ずかしかったんだなと思うと、安心したというか」

「なるほど。互いに同じという自覚をすると、このむずがゆさは落ち着くんだな」

本人なりの解釈で理解したのか、リベルトは鼻と口を覆っていた左手をようやくどかした。

「……フィリス。そのまま少し、前屈みになってくれないか」

「えっ……」

この体勢で前に屈むと、当たり前にリベルトとの距離が近くなる。

どういった意図かわからないが、邪心の感じられない透き通ったリベルトの瞳に見つめられると、まるで吸い込まれるかのように言うことを聞いてしまう。

「こう、ですか？」

おずおずと体をゆっくり前に倒すと、フィリスの長く艶やかな髪がはらりと垂れ下がる。あと少しでリベルトの顔に触れてしまいそうになり、慌てて後ろに流そうとするが、その前にリベルトの手がフィリスの髪を下からそっとすくい取る。

「相変わらず、絹みたいだな……」

髪を指先に絡めながら、リベルトは目を細めて柔らかな重みを楽しむように髪を撫で続けた。

「たしかに、俺も触っていれば平気になってきた」

リベルトはフィリスが髪に触れてきた気恥ずかしさを、自らも触れることで紛らわせ、余裕を取り戻そうとしたようだ。こうすれば〝同じ〟だからと。

「……どうした？　同じことをしたのに、君はまた顔が赤いぞ」

からかっているような様子もなく、リベルトはフィリスを見て本気で不思議がっている。まだからかわれたほうがマシだと、フィリスは目もとに影を落としながら思った。

「わ、私もまたリベルト様の髪を撫でれば、平気になります！」

「そういうものなのか。おもしろい」

そんな仕組みあるわけがない。だけどこのまま勘違いしてもらっておこうと思い、フィリスも負けじとリベルトの髪を撫でる。

「君の手は気持ちがいいな……それに、この枕は悪くない」

髪と一緒に耳の縁も優しくなぞっていると、リベルトは気持ちよさげに目を細める。いつの間にかフィリスの髪に触れていた手は、リベルトの腹の上に移動していた。このときには、フィリスからも緊張は消えていた。

(あ……リベルト様、うとうとしてる)

瞼がゆっくりと重くなり、リベルトは何度も瞬きを繰り返す。そのうち目は完全に閉じられ、穏やかな寝息が聞こえ始めた。

(まさかの作戦成功！　やっぱり、お兄様の言ってたことは本当だったのね。私の膝枕には特別な力があるんだわ)

リベルトの寝かしつけに成功したフィリスは、心の中でガッツポーズをして喜んだ。

(……ん？　でも、こうなると私が動けなくなるような……)

せっかくリベルトが寝入ったのに、このままだとフィリスは自分の部屋に戻れない。比較的、どこでもどんな体勢でも眠れるフィリスは最悪このまま寝ることも可能だが、万が一寝ぼけて体を前に倒してしまえば――。

（リベルト様の顔を、私の上半身で潰しちゃうわ！）

そうなればなかなかの笑えない大事故だ。フィリスとしたことが、リベルトを寝かせるのに必死で後先をまったく考えていなかった。

ジェーノが相手のときは、膝がつらくなったタイミングで頬をぺちりと叩いて起こしていたが、せっかく眠れたリベルトを自分の事情で起こしたくはない。

とりあえず、限界まで頑張ってみよう。リベルトが一度でも目を覚ませば、その際に膝から下りてもらえばいい。そう思い、フィリスはリベルトの寝顔を見て時間を潰すことにした。

（……まつ毛長いなぁ。鼻筋もスッとして、いつ見ても綺麗な顔。肌も白くてつやつやだわ。あんな不規則な生活をしているのに肌荒れもしないなんて、生まれつき肌が強いのかしら）

陶器のような隙のない肌を見つめていると、自然と頬に指先が伸びる。

起こさないように気をつけながら、人さし指がギリギリ触れるくらいの距離感で頬に数回タッチしていると、リベルトがうっすら瞼を開けた。

「……ん……」

（！　起こしちゃった⁉）

すぐに指を引っ込めようとすると、手のひらごとぎゅっとリベルトに握られる。

「っ⁉」

リベルトは夢と現実の狭間にいるような寝ぼけまなこでフィリスを見つめると、形のいい薄い唇をわずかに開いた。

「……フィリス」

吐息交じりに名前を呼ぶと、きゅ、と手を握る力を強めて、リベルトは微笑んだ。

初めて聞く優しい声色に、フィリスの胸が今日いちばんの高鳴りを知らせる。

リベルトはフィリスの手を握ったまま、またすぅすぅと眠り始めた。フィリスは握られる手のひらを熱くさせ、汗をじわりと滲ませることしかできない。

(……ていうか、このタイミングで降ろせばよかった！)

結局フィリスはその後一時間半、リベルトを膝にのせたまま動けなかった。もちろんその間も、手は握られたままだった。

フィリスがリベルトを初めて寝かしつけた夜から一週間。それ以降彼は彼女に膝枕をたびたびねだるようになった。フィリスの膝枕はもはやリベルトにとっての睡眠導入剤的な役割を果たしていた。

膝枕をし、うとうとしたらベッドへ移動してそのまま眠る。

こういったことを一週間も続けていると、リベルトは眠いという感覚を次第に取り戻していき、最近は膝枕がなくても眠れるようになった。

これで睡眠欲も改善されて一安心！と思っていたが――。

「フィリス」

「きゃっ！」

ナタリアと廊下を歩いていると、野外での訓練を終えたばかりのリベルトが後ろから抱きついてきた。

「……はぁ。癒やされる」

「リ、リベルト様、みんな見てますから……！」

リベルトは疲れがたまると、所構わずフィリスを抱きしめるようになったのだ。その時間は一瞬のときもあれば長いときもある。なんでも、疲労の度合いによって変わってくるらしい。思わぬ弊害がフィリスの前に立ちはだかる。

「それでは、私はお先に～」

「あっ、ナタリアさん……！」

気を使ってか、ナタリアはフィリスを置いてさっさと行ってしまった。行かないでと伸ばした手は、虚しく空を切る。

「……ん。充電完了」

満足したリベルトが、胸の下に回した腕をそっと解く。

「おい。副団長がまたやってるぞ」

「あの世話係すごいよな。すっかり副団長を手懐けてやがる」

「マジで何者なんだよ……」

同じく訓練を終えた団員たちのチラチラこちらをうかがう視線は、何度経験したって慣れることはない。

「リベルト様、百歩譲ってこういうのは部屋の中だけにしてくださいって言いましたよね」

リベルトと向き合うように体をひっくり返すと、フィリスは小声で不満をぶつけた。

「そう言われても、疲れたら体が君を欲するようになってしまったんだ。フィリスの体温と髪の香りはものすごく落ち着く。初めて膝枕をされたときそれに気づいた」

こういった理由から、リベルトはフィリスを抱きしめているようだ。

人に見られて恥ずかしいという感情がリベルトに皆無なのは、やましい気持ちがないからだろうとフィリスは解釈していた。

（私を癒やし効果のあるぬいぐるみと同じように思っているんだわ）

リベルトは癒やしが得られるなら、フィリスでなくても躊躇《ちゅうちょ》なく抱きしめるだろう。そう思うと、抱きしめられてドキドキするのも馬鹿らしい。

「たくさん汗をかいておられますから、まずは着替えたらどうですか？　その間に欲しいものがあれば用意してお部屋まで持っていきます」

「じゃあ、水を多めに頼む」

「かしこまりました。では、着替えが終わった頃を見計らって伺いますね」

水を用意するために、フィリスは一度リベルトと別れて厨房に向かった。

＊　＊　＊

ひとりで部屋に戻ろうとしたリベルトのもとに、まるでその時を待っていたかのようにふたりの魔法騎士団のメイドが駆け寄ってくる。

「リベルト様！」

声をかけられ視線を向けるも、そのメイドたちが誰かはまったくわからない。

「あの、噂で聞いたんですけど……」

「リベルト様は女性を抱きしめると疲れが吹っ飛ぶんですよね⁉」

ふたりのメイドは上目遣いでリベルトの顔色をうかがいながら、媚《こ》びるように高くかわいらしい声を出すが、リベルトの耳にはキーンと響き、お世辞にも耳障りがいいとはいえなかった。

「見る限り、フィリスさんはあんまり乗り気でなさそうなので、よければ私たちがお相手しますよ」

「リベルト様ならいつでも大歓迎です」

積極的に迫ってくるメイドたちを無表情で見下ろしながら、リベルトは言う。

「いらない」

「え？」

「その噂、間違ってる。俺はフィリスしかダメなんだ。フィリス以外に触れたいとは思わない」

それだけ言うと、リベルトはこわばった空気を振り払うようにその場を立ち去った。

「そ、そんなの、試してみないとわからないじゃないですか！」

呆然としていたメイドのひとりが、負け惜しみのように背後からそう叫ぶ。リベルトはその声に足を止めることはなかったが、耳に届いた彼女の言葉は、あながち間違っているとは思わない。

（ほかの人で試してみようなんて、考えたこともない）

そして、その意見を聞いたとて、試そうとも思わない。この感情がなにを指しているのか考えたとき、現段階でリベルトが出せる答えはひとつだ。

（……俺はフィリスに、惹きつけられている）

入団してからずっと仕事だけに全力を尽くしてきたリベルトにとって、それは初めての出来事で、未知の感情だった。

6 気づいたこと

「フィリス、そっちはあとどれくらいで終わりそう?」

「このごみをまとめれば終了です。ナタリアさんは?」

「こっちもよ。さすがフィリス。手際がいいわね」

フィリスの今日の仕事は、魔法騎士団の共有スペースを順番に掃除することだった。食堂から始まり会議室ときて、最後の休憩室の掃除が今まさに終わろうとしている。

ごみを詰めた袋の口を縛り、ナタリアと共にごみ捨て場まで運び終えると、ナタリアが少し焦った様子で言う。

「いけないわ。さっさと夕食を済ませておかないと。今晩、リベルト副団長の部隊が帰ってくるのよね?」

「そうですね。予定では午後八時くらいになるとは言っていましたけど……」

リベルトは現在、国境沿いの魔物調査のため出かけている。本来アルバも行く予定だったが、王宮の護衛が手薄になると指摘され、リベルトが代表として任務へ向かうこととなった。

なんでも国境沿いで隣国から魔物が侵入しているようだ。近隣の村から通報が入り、それらの処理と原因追及も兼ねて、四日間の出張中だ。

そのあいだ、フィリスはナタリアと一緒にメイドの通常業務をこなしていた。いくら世話係といえども、戦場へついていったところでただのお荷物だろう。アルバも同行を推奨していなかったため、フィリスはこの四日間ナタリアと共に業務に励んだ。

「任務帰りなら、相当疲れているんじゃない？　長いハグを覚悟しておかないとね」

からかうように、ナタリアがにやりと口角を上げる。

「もう、やめてください。お気に入りのぬいぐるみみたいな扱いされて困ってるんですから。それより……魔物討伐で出かけた先できちんと寝ているかが心配です」

「すっかりお世話係が板についてきたわね」

首を垂らしてため息をつくフィリスをよそに、ナタリアはのんきな笑い声を上げる。

「それよりフィリス、みんなが帰ってくる前に私たちも食事を済ませておきましょ」

「そうですね。今日のメニューはなにかなぁ」

「私はシチューとパンの気分」

「いいですね。お腹が空いてきました」

今日の夕食のメニューを想像しながら、フィリスは食堂へ向かい、リベルトの帰還を待った。

午後八時。

馬車が走る音が聞こえてくる。予定通りに、リベルトが率いる魔法騎士団の部隊が戻ってきた。

フィリスは出迎えの列に並び、四日ぶりのリベルトの様子を見守る。

(顔色は悪くない。ついでにエルマーさんも苛立っている様子はないし……うん。問題はなさそうね)

取り巻く空気感でなんとなく、リベルトがやらかしたかどうかがわかってきた。

今回はアルバを無視して執務室に駆け込むこともなく、きちんと調査結果を伝えている。

(新種の魔物は出なかった、ってことかしら)

新種の魔物が出ていたら、リベルトがこんなに落ち着いていられるはずがない。いつの間にか、フィリスはリベルトの動向から出来事を推測する癖がついていた。

「よくやってくれた。報告書のまとめはいつでもいいから、今日はしっかり休め！」

「いいや。すぐに取りかかる。……フィリスは？」

リベルトはきょろきょろしている。フィリスは前回と違いアルバの隣ではなく、後方でほかのメイドたちの列に紛れている。

（なんだか呼ばれたような気が……）

フィリスは嫌な予感がした。任務帰りは訓練後よりもその場に居合わせる人たちが多い。こんなところでぬいぐるみ扱いされるのは勘弁だ。リベルトと目を合わせないように、フィリスはひたすら自分のつま先に視線をやった。

「おい、リベルト！」

すると、突如怒声が聞こえておもわず顔を上げる。

そこには青い軍服を着た男性がひとり立っており、眉間に深い皺を何本も刻んでリベルトを睨《にら》みつけていた。

「ナタリアさん、あの人は誰ですか？」

隣に立つナタリアに小声で問いかける。

「彼は騎士団のデーヴィッド副団長よ。今回の任務、魔法騎士団と騎士団、両方で向かったみたい」

「へぇ……」

「騎士団長が長期任務で不在だから、留守中はデーヴィッド副団長が団長代理を務めているの」

騎士団の副団長は、リベルトよりも年上だ。見たところ三十代前半くらいだろうか。見るからにがっちりした体をしており、肌は浅黒い。

「お前、いい加減にしろよ。ちょっと強いからって人のことを馬鹿にしやがって」

酒焼けのようなかすれた声で、デーヴィッドはリベルトの胸倉に掴みかかった。

「お、おい、どうしたんだデーヴィッド」

慌ててアルバが仲介に入り、ふたりの距離を一定に保たせる。デーヴィッドは怒りが収まらないのか、今にもまた掴みかかりそうな勢いだ。

「どうもこうもないぜ。アルバ団長よ。こいつ、俺たち騎士団を見下してんだ。なにもできないなら帰れだの、足手まといだの、散々言われたよ。こっちも命がけで仕事してんのに、魔法騎士団ってのはそんなに偉いのか？　ええ？」

デーヴィッドの声が魔法騎士団の玄関先に響き渡る。詰め寄られたアルバは、神妙な面持ちで無言を貫くリベルトのほうを見た。

「リベルト、デーヴィッドの言っていることは本当なのか？」

「……ああ。たしかに言った」

「お前……！　なんでそんなことを……」

言い訳もせずにあっさり認めるリベルトに、アルバは怒りを通り越して呆れているように見える。

「それだけじゃねぇよな？　俺たちを気遣っていろんな差し入れをしてくれた村人たちも、お前は冷たい態度で突き放した。話しかけるな、近づくなとか言ってな。おかげさまで俺たちの印象は最悪だよ」

「本心を言っただけだ。実際に、俺は迷惑していた」

「俺たち同様、庶民を下に見てるだけだろうが！　お前さ、いい加減世渡りってものを知れよ。いつまでそのむかつく仏頂面下げてるつもりだ。口を開いたかと思えば文句ばっかり垂れやがって」

「それは君のほうだろう」

「なんだと⁉　若造のくせに生意気な！」

血の気の多さを見せつけるデーヴィッドに対し、リベルトは冷静さを失わない。そんな態度がよけいにデーヴィッドを苛立たせ、まさに一触即発だ。

「デーヴィッド、とりあえず落ち着いてくれ。任務帰りだ。ほかの団員たちも疲れているだろう。この件に関しては、私のほうからしっかりリベルトに注意しておく」

「注意だけじゃなく、上にも報告しろよ。言っとくけど、証人はたくさんいるからな。……こんなやつを副団長に据え置いたって、あんたにいいことないぜ。アルバ団長よ」

吐き捨てるように言うと、デーヴィッドはぎろりとリベルトを睨みつけて踵《きびす》を返す。

ようやく騎士団支部へ戻っていくデーヴィッドの背中を見つめながら、アルバは深いため息をついた。

「……とりあえず、リベルトだけここに残れ。あとのやつらは休んでいいぞ」

疲れを労わるつもりが、最悪な空気になってしまった。

アルバが周囲に気遣いを見せると、団員たちもまた気を使って颯爽《さっそう》と建物の中へと駆け込んでいく。メイドたちもそれぞれの持ち場に戻り、その場にはアルバにリベルト、そしてフィリスだけが残った。

「あの、私はどうすれば……」

「ああ、フィリスくんはここに残ってくれていいぞ」

「フィリス……！」

尻込みしつつリベルトに近づくと、リベルトが空気も読まずにフィリスを抱き寄せる。

「これだ。この温かさと香りが恋しかった。今日はぐっすり眠れそうだ」

「リベルト様……こんなことしてる場合じゃないかと……く、くるしぃ……」

今日はなぜか力が強い。厚い胸板に顔を埋めながら、フィリスはうまく呼吸ができずに悶《もだ》える。

「フィリスくんの言う通りだ。お前は時と場合を考えろ」

アルバがべりっとリベルトからフィリスを引き剥がす。

「で、なんであんな暴言を吐いたんだ。……ったく、あんまりよそともめないでくれよ」

「なんでって、俺は思ったことを言っただけだ」

「それが問題なんだよ。あのなリベルト、人間なんでも正直に言えばいいってもんじゃない」

諭すようにアルバが言うが、リベルトはあまり理解していないようだ。

「あの、ちょっといいですか。団長」

様子が気になったのか、その場にエルマーが戻ってきた。

「どうしたんだエルマー」

「いえ……今回の件に関しては、あまりリベルトを責めないでほしくて……」

「どうした。お前がリベルトをかばうなんて珍しいな。いつも人一倍愚痴をこぼしているというのに」

本人の前でそれを言うかと思ったが、リベルトはなにも気にしていないのかあっけらかんとしている。

「たしかにリベルトはデーヴィッドさん率いる騎士団にああいった発言をしましたですが、そうなった経緯がきちんとあるんです」

「経緯？　原因があって騎士団ともめたってことか？」

「彼ら、私の指揮を無視して好き放題だったんですよ。魔物が物理攻撃に弱いとわかると、ここぞとばかりに前線に出て……」

「物理攻撃に弱い魔物なら、騎士団に任せてもよかったんじゃないか？」

アルバの言葉に、エルマーは首を振った。

「あくまでも、ある程度弱体化させてからの物理攻撃が有効だったんです。だからまずは遠隔魔法で弱らせるのが優先だったんですが……指揮を無視され、魔法騎士団側の陣形が大幅に崩れてしまった。その結果、ほかの団員たちが危険にさらされたのです」

「……だからリベルトが注意したのか」

「はい。すると今度は怒ってまったく仕事をしなくなったんです。どうせ魔法騎士団が全部手柄を持っていくんだろーとか言って。それでリベルトが、『素行が悪いぞ。仕事をする気がないなら邪魔だ、足手まといだ』と言ったんです」

「……なるほどな。そういう流れなら、リベルトの言いたいこともわかる」

エルマーの話を聞けば、リベルトが騎士団を馬鹿にして出た発言ではないとすぐにわかった。それなのに、なぜデーヴィッドはあんな言い方をしたのだろうか。

「だがなぁリベルト。お前、デーヴィッドは敵に回すべきじゃないって前々から言ってるだろ？　あいつはプライドの塊なんだ。扱い方を間違えれば、今みたいに攻撃される。そのうえ口がうまいからな。お前の印象が悪くなるように話を広められたら損しかない」

「仕事に不誠実なやつは任務に必要ない。あいつのプライドなんて、俺には関係ないことだ」

「いや、それはそうなんだがな……よけいなトラブルを増やすのもかったるいだろ？　お前は正しいが、それが生きづらさにつながることもある。特にこういった大きな組織にいるとな」

酸いも甘いも経験してきたアルバのその言葉は、やけに説得力があった。

「村人に暴言を吐いたのにも、理由があったのか？」

「……若い女性がしつこかったんだ。家に上がっていかないかとか、べたべたしてきて、やたらと距離が近かった」

面倒くさそうに、リベルトがふぅっと息を吐いて淡々とそう言った。

「私たちが宿泊していた村に、すごく綺麗な女性がいたんですよ。デーヴィッドさんは彼女を気に入ってたようですが、女性はリベルトに惚れていた様子でした。こんな難ありでも、見た目がいいからどこへ行ってもリベルトはモテる。デーヴィッドさんはそれが気に入らなかったんでしょうね」

言葉足らずなリベルトの説明を、エルマーが補足する。

女性の猛アピールに耐えかねたリベルトが、結果的に『話しかけるな』と突き放してしまったらしい。

「女性は大号泣で、地獄絵図でした。美人だったので冷たくされた経験がなかったのでしょう」

出迎えたときは問題なさそうだと思っていたフィリスだったが、それはとんだ間違いだった。

（やっぱり問題児なのね。リベルト様が行く先で、なにも起きなかったことってあるのかしら？）

むしろそのほうがレアなのかもしれないと、フィリスは思った。

「……リベルト、お前はうまいあしらい方を覚える必要があるな」

すべての話を聞いて、アルバが仁王立ちになって腕を組んだ状態で言う。

「お前がほかの団員ともめるのは、これが初めてじゃないだろう。原因があちらにあるとしても、リベルトのコミュニケーション能力にも少なからず問題はある。フィリスくんもそう思わないか？」

いきなり話を振られ、油断していたフィリスはどきりとして反射的に背筋が伸びた。

「コミュニケーション能力を鍛えるべきと、君からも言ってやってくれ。むしろフィリスくん、君がコミュニケーション能力を伝授してやってくれないか」

「えっ！　私が⁉」

「いいですね。フィリスさんはコミュ力が高いですから、リベルトにも少し分けてやってください」

まさかのエルマーまで乗っかってきて、フィリスは目を泳がせる。そして泳いだ先にいたのは、こちらをまっすぐ見据える紫の瞳。

「フィリス、君がまた、俺になにかを教えてくれるのか？」

休息、食欲、睡眠――それらの成功例があるせいか、リベルトはすっかりフィリスを信用しきっているようだ。

そこに『俺に構うな』と吐き捨てたリベルトはもういない。最初はフィリスを決して見ようとしなかった眼差しが、こんなにも純粋にこちらを捉えて離さない。どこか期待の色が滲んでいるようにも見えて、その結果――。

「……わかりました。やれることはやってみます」

フィリスは折れるしかなかった。

「ありがとうフィリスくん！　リベルトの壊滅的なコミュニケーション能力がわずかでも向上することを祈っているぞ！」

「私からもお礼を。ありがとうございます。面倒ごとを引き受けてくれて」

アルバはともかく、エルマーの含みのある笑みを受けて、フィリスはうまく乗せられたことを自覚した。

（仕方ないわ。これも世話係の仕事よ……！）

その夜、フィリスはリベルトのコミュニケーション能力向上作戦を必死に立てた。

そしてそれは、次の日から早速実行に移されることになった――身近な人たちを巻き込んで。

「――ってわけで、ナタリアさん、女性役お願いします！」

「話は聞いたけど……聞いたうえで言わせて。意味がわからないわ。なんなの？　女性のあしらい方をリベルト様に覚えさせるって」

リベルトの部屋にナタリアを招き、リベルトに女性への接し方を改善させる計画を明かし、彼女に協力を仰ぐ。

「そのままです。リベルト様はモテるのに、あまりに冷たい態度をとるものだから、反感を買うらしいんですよ」

「それはおおいに想像つくけど……」

「昨日もデーヴィッド副団長に逆恨みされて、今後も似たようなことがあるかもしれません。なんなら女性に刺される可能性もあります」

「スーパーエリートのリベルト様を刺せたとしたら、その女性がすごすぎるけどね」

「と、とにかく！　協力してください。今度なにかおごりますから」

「え、本当？　じゃあ休日に王都の大人気スイーツ店、付き合ってちょうだい」

スイーツをおごるのと引き換えに、無事ナタリアが協力してくれることに。ようやく話がまとまって、まずはリベルトとナタリアを向かい合わせに立たせる。

「最初は普段、リベルト様がどのように女性に接しているかを実際にチェックさせてもらいます。ナタリアさん、リベルト様に言い寄る女性の役をしてください。それに対して、リベルト様は普段通りに返してくださいね」

「わかった」

「わかったわ」

リベルトとナタリアの声が重なる。

「では、私が手を叩いたらスタートです」

まるで芝居の監督にでもなったような気分だ。そう思いながら、フィリスはぱちんと手を叩いた。

「副団長。私、ずっと前から副団長のことが気になっていたんですぅ。よかったら今度、デートしてくれませんかぁ？」

ナタリアはいつもより甘い声を出し、わざとらしく語尾を伸ばしている。無邪気に首をかしげて瞳を輝かせるナタリアは、思ったよりも演技派だ。無駄にクオリティの高いぶりっ子演技を見て、フィリスはふっと笑ってしまった。

「……デート？」

「はい。男女が日時を決めて会うことですよ」

(……デートの意味くらい、リベルト様も知っていると思うけれど)

というか、これまでこんな感じで誘われた経験が山ほどあるはずだ。

「なんのために?」

「はい?」

「俺と君がデートをして、なんの意味がある? 俺は無意味なことに時間を割きたくない」

かわいい表情を保っていたナタリアの頬が引きつる。

「意味って……デートしたら、意味も生まれるかもしれませんよ。行く前から決めつけなくたって……」

「そもそも、俺は君とデートしたいと思っていない」

「……フィリス、これ以上演技が続けられそうにないわ」

ピクピクと表情筋を動かして、ナタリアは必死に震える拳をもう片方の手で押さえつける。もうちょっと彼女のぶりっ子を見てみたい気持ちもあったが、本当に拳が飛ぶ前にやめておきたい。

始まりと同じように、フィリスは手を叩いて終了を告げる。

「ナタリアさん、今のリベルト様の返しはどうでした?」

聞くまでもないが、念のため確認することにした。

「最低最悪。勇気を出して誘ったのに、乙女心を踏みにじられた気分だわ。こんな断られ方したらトラウマ級よ。私が実際にこんなこと言われたら、副団長は最低男って言いふらしちゃいそう」

「だそうです。リベルト様。後にトラブルにならないために、もっと断り方を考えましょう。言い方を少し変えるだけでいいんです」

フィリスが説得を試みるも、今回はあまりリベルトの反応がよくない。乗り気でないのか、納得がいかないのか……はたまた、そのどちらともか。

「なにが悪いかわからない。可能性がないものをあるふうに装うことが、本当にトラブルにつながらないのか？　俺からすると、期待を持たせるほうが後々面倒だと思う」

「リベルト様のおっしゃっていることはよくわかります。私も期待を持たせるべきではないと思いますが、言い方の問題ですね。ちょっと冷たすぎるかもしれません」

「ちょっとどころじゃないわ。だいぶよ、だいぶ！」

やんわりと指摘するフィリスに、背後からナタリアが野次を飛ばした。

「たとえばデートを断りたいだけなら、わざわざデートの意味を問わなくていいんです。ごめんなさい、行けません。それだけ伝えればじゅうぶんです」

「どうして？　なんで行けないの？って、食い下がってくる女性もいるだろう」

まるで過去にそういった女性がいたような物言いだ。きっと実体験なのだろう。

「うーん。その場合はなんて返事するのがいいんだろう。……もう一回ロールプレイをして、ベストな答えを探してみましょうか！」

アルバやエルマーに聞いてみるのも手だが、まずは自分たちで考えてみる。

「私、もう誘い役は演技でもこりごり。さっきので胸をえぐられたわ。次はフィリスがやってみたらどう？」

「え、私？」

「フィリスなら、リベルト様の塩対応に耐久性があるでしょう。なんせ、世話係を続けられているんだから」

塩対応への耐久性は、リベルトに出会う前から培われていたものだ。そのため、フィリスはなにを言われてもたいして傷つきはしない。一般的な意見を聞くためにナタリアに協力を仰いだが、本人が嫌なら仕方がない。

「わかりました。リベルト様、次は私がお相手役をやりますね」

そう言うと、今度はナタリアが手を叩いて演技開始の合図を出した。

「ええっと……リベルト様、よかったら今度、ゆっくりお茶でもしませんか？」

多少言い方を変えて、さっきナタリアがやったみたいにリベルトを誘ってみる。ただし、ぶりっ子演技を付け加えることは、フィリスには恥ずかしくてできなかった。

「構わない」

「……え？　い、いいんですか？」

「ダメな理由がない」

全然違う答えが返ってきて、フィリスは呆気にとられてしまう。

「わ、わあい。嬉しいです。私、ずっと前からリベルト様のことが気になっていて……」

「そうか。俺も、君が気になってる」

「……」

「……？　どうした？」

その言葉を、フィリスはそっくりそのまま返したかった。

「あの、リベルト様、さっきと回答が全然違いますよ。これではうまくあしらう練習になりません」

「ああ……そういえばそういう練習だったか。それなら相手がフィリスだと困る。俺は君が相手なら断らない」

「練習ですから！　私ではない女性から誘われたと思ってください！」

「そう言われても、目の前にいるのはフィリスだからな。別の女性とは思えない」

自分を見つめるリベルトの眼差しがひどく優しい。まるで特別扱いされているみたいだ。演技でも断るそぶりを見せないリベルトに、フィリスもなんと言えばいいかわからなくなる。

「私、お邪魔かしら？」

黙って行く末を眺めていたナタリアが、死んだ魚のような目をしてふたりに言った。

「ご、ごめんなさいナタリアさん！　もう一度きちんとやりますので！」

「その必要はないわフィリス。今ので答えは出たもの」

ナタリアは最終確認をするように、リベルトに問いかける。

「リベルト副団長は、フィリス以外に誘いをオーケーするお相手はいらっしゃいますか？」

「いないな」

悩む間もなくリベルトは即答した。

「でしたら今後、女性にしつこくされた場合はこのひとことで返してください。〝気になっている人がいるから、君の気持ちには応えられない〟と。ほかに女性がいると知れば、一旦は引いてくれます。誰かに一途でいることのアピールにもなって、逆恨みでリベルト様の評価が落ちることもありません」

「……なるほど。合理的だ」

リベルトはナタリアの言葉に静かに頷いた。その緩やかな動きは、まるですべてを理解し心から納得を得たかのようだった。

「万事解決ですね！　じゃあ、私はこれで。……フィリス、スイーツの件忘れないでよ」

やっと面倒ごとから解放されたというように、ナタリアはすっきりした顔で逃げるように部屋から出ていった。

「……はぁ。大変だな。コミュニケーションって」

たった数分なのに、リベルトはどっと疲れた顔をしている。

正直、ナタリアの言う方法で本当に万事解決するのかわからないが、これ以上続けてもリベルトのストレスをためるだけだろう。今日のコミュニケーション強化はこのくらいにしようと思っていると、リベルトが口を開く。

「フィリスはどうやって男性をあしらうんだ？」

「私ですか？　私はそもそも声をかけられないので、あしらい方を覚える必要がないです」

「そんなことはない。この先社交場に出る機会が増えれば、きっと声をかけられる」

　魔法騎士団で働いていると、社交場に付き添う場面も出てくるのだろうか。今のところそういったことはないが、たしかに実家に住んでいた頃よりは、あらゆる男性と関わる機会は増えるだろう。なんせここは男ばかりの魔法騎士団だ。

「……私だったら、相手の気持ちを尊重しつつやんわり断ります。〝気持ちは嬉しいけれど、今は仕事に集中したい〟とか。実際、もし今誰かに誘われることがあれば、こうやって答えますね」

　リベルトほどではないが、フィリスも仕事にはやりがいを感じている。魔法騎士団で働くのは大変ではあるが、それ以上にやりがいがあった。なによりリベルトの世話をしていると毎日が刺激的で退屈しない。

（給料も高いし、これ以上に頑張りたいことなんてないわ！）

　ほかのことをする暇があれば仕事をしたい。リベルトのそんな気持ちが、今なら少しわかる。もちろん、食事や睡眠を抜いて気絶するまでやろうとは思わないが。

「仕事人間のリベルト様も、この回答は使えるんじゃないですか？　さっきナタリアさんが言ったのより、こっちのほうがいいかもしれません！」

自分に置き換えて考えてみたら、いい答えにたどり着けた。リベルトにも勧めてみるが、あまり反応はよくない。

「いいや。さっき教わった回答のほうが、俺にとって嘘がない」

（……気持ちは嬉しい、の部分が引っかかるってことかしら？　リベルト様、細かいことを気にするなぁ）

きっとリベルトは、嘘をつくのが嫌なのかもしれない。たとえそれがどんなに適当で小さなものであっても、嘘をつくという行為に意味を見いだせないのだろうか。

「それと……フィリスの答えで気になるところがあった」

「なんですか？」

変なところあったっけ。フィリスはそう思いながら、なにを言われるのかと身構えた。

「仕事に集中したいというのは、俺の世話係に集中したいということだよな？」

「えっ……。まぁ、『今』ということですと、そういった意味合いになりますね」

「じゃあ、フィリスは俺に集中したいってことか」

そう言われると、なんだか意味合いが変わってくるような気もする。しかし、果たしてそれが間違っているのかと問われれば悩ましい。

フィリスの仕事はリベルトの世話係をすることで、彼への理解度を深め、ダメな箇所は更生していく。即ちそれはリベルトという人間と向き合うことに集中しているといえる。

「はい。私はリベルト様を見るので精いっぱいなので、ほかの方と遊んでいる暇はありません」

リベルトの意見を肯定すると、疲れていた表情が明るくなったような気がする。

「俺たちは互いを理由に、異性をあしらえるということだな」

「そうなると……リベルト様の気になる人は私でいいんですか?」

話の流れ的に自分だと思っていたが、念のため確認してみる。

「? 当然だろう」

(やっぱり私なんだ。だけど……)

根本的な疑問が、フィリスの脳内を埋め尽くす。

「リベルト様は、なぜ私が気になるのですか?」

世話係が主を気にするのは、至って普通の現象だ。でも、逆の場合はどんな理由があるのか。

さらに言えば、リベルトは仕事一筋の男性だ。そんな彼の気になる要素に自らが入ったのは、どんな経緯があってのことなのか純粋に気になった。

好奇心の詰まったまん丸な目を向けて、フィリスはリベルトの返事を待つ。

「……なぜ、なんだろう？」

少し間が空いて、リベルトは不思議そうな表情を浮かべたままそう言った。

「教えてくれフィリス。俺はどうして君に興味が湧くのだろう。理由を考えてもわからない」

質問に質問で返されるとは思わなかったため、フィリスも肩透かしを食らってしまう。

「そんなこと言われても——あっ！　リベルト様、以前私を変わっているとおっしゃっていましたよね。それなら新種の魔物を見つけたときのような探求心が、一時的に私に芽生えているのかもしれませんよ」

これまでの世話係はみんな一週間程度でいなくなっていたようだが、フィリスはもうすぐここへ来て二か月が経とうとしている。フィリスから見てもリベルトはこれまで出会ったことのないタイプの人間だが、逆も然りだ。

「言われてみるとそうかもしれない。気持ちが高揚する感覚はそれに似ている。……だけど、なにか違う気もするんだ」

考えても答えが出ない。そんな状況が気持ち悪いのか、リベルトは顎に手をあてて首をひねり、一生懸命答えを考えている。

アドバイスをしてあげたいが、フィリスも人の感情を覗くことは不可能だ。それに、違いなどないだろうと勝手に高をくくっていた。彼にとって、自分はただの新種の魔物的存在。それだけだ。

「リベルト様、そろそろ会議のお時間ですよ」

「ああ。そうだったな。行ってくる」

リベルトは時計に目をやって扉のほうに歩きだした。フィリスは会議に同席しないため、部屋でお見送りすることに。

「はい。明日またコミュニケーションのトレーニングをしましょうねっ」

「……またやるのか。だが君が必要というのなら仕方がない」

「リベルト様ったら、ずいぶん素直に頼みを聞いてくれるようになりましたね」

「今のところ、君の教えは役立っているからな。食も睡眠も楽しめるようになった」

前例があるおかげで、気の乗らないコミュニケーショントレーニングにも付き合ってくれる。そう思うと、ますます張り合いが出てくるというものだ。

リベルトのいなくなった部屋で、フィリスは明日どんな方法でトレーニングをしようか考えていた。

（そういえば、私宛に手紙が届いていたんだっけ。きっと家族からね。今朝は忙しくてチェックできなかったから、今のうちに見ておこうっと）

フィリスが王都へ出稼ぎに行ってから、家族は頻繁に手紙をくれていた。魔法騎士団で働くことが決まってからすぐにその報告をしたため、実家からの手紙はすべて魔法騎士団宛てに届くようになっている。

元気でやっているか、仕事はつらくないか――そういった内容がお決まりで、今回もその類いだろう。そう思い手紙を手に取ると、差出人の欄にはジェーノの名前のみが記載されていた。

（……今回はお兄様ひとりが書いてくれたのかしら）

封蝋《ふうろう》を剥がし、二枚の便箋《びんせん》を取り出す。

そこにはフィリスを心配する言葉以外にも、フィリスがいなくなった屋敷がどれだけ静かで、どれだけ寂しい思いをしているかが長々と綴《つづ》られていた。哀愁漂う文章ではあったが、フィリスは読んでいると自然と口もとが綻んだ。

（元気そうでよかった）

綺麗であるが大きく圧を感じる筆跡に、ジェーノの力強さを感じる。

後半はほとんど妹への溺愛っぷりが書かれており、フィリスも「はいはい」と呆れた様子だったが、最後の追伸の欄を見ておもわず固まった。

〝追伸。二十日、魔法騎士団に遊びに行くことにしたんだ！　午後には到着すると思うよ。愛しいフィリス、待っていておくれ〟

「二十日って……明日⁉」

焦って今日の日付を確認する。何度確認しても十九日だ。つまり、明日ジェーノが魔法騎士団へやって来る。……完全にアポなしで。

（お兄様、なにを考えているの⁉　ずっと僻地にいるから、一般常識が多少欠けているのはわかるけれど……！）

フィリスもいきなり王宮に突撃した身だが、あれは忘れ物を届けるという使命があったからだ。

（とにかく、会議が終わったらアルバ団長とリベルト様に確認しなくっちゃ）

今頃、うきうきで王都へ出る準備をしているであろうジェーノとは対極に、フィリスははらはらとした気持ちで会議終了を待つこととなった。

会議終了後。

フィリスはアルバとリベルトに事情を説明しに行く。確認したところ、やはり来客のアポ取りはされていなかった。

わざわざ王都まで来てくれる兄を追い返すのも心苦しい。

「よし。明日は休みをとっていいぞ。フィリスくん。おもえば君に、まともな休日を与えられていなかったな」

フィリスの胸中を察してか、アルバが特別な対応をしてくれた。こちらの都合にもかかわらず、アルバが申し訳なさそうに後ろ頭をかいた。

「いえ、丸一日休みなんて！　私の都合でリベルト様にも迷惑をおかけして申し訳ないです」

「俺はそんなことで気を悪くしないから安心していい。ただそうなると、トレーニングも延期だな」

トレーニングと聞いて、フィリスははっとする。

（お兄様の来訪……これはいい機会かもしれないわ！）

リベルトとジェーノ。ふたりを引き合わせれば、自然とコミュニケーションの練習になる。初対面の人間にどのように接すれば好印象を残せるか——これは、リベルトにとっていいトレーニングになるだろうとフィリスは考えた。

「私は明日、兄が来る時間だけ休憩をいただく。そういうことでいかがでしょうか」

「フィリスくんがそうしたいならそれでもいいが、せっかくここまで来てくれるんだ。無理はしなくていいぞ」

「ありがとうございます。それと……リベルト様、よければ私と一緒に、お兄様に会ってくれませんか？」

「……俺が？」

なんのために？と意味を問われる前に、フィリスは返事をする。

「はい。私とお兄様とリベルト様、三人でお茶会をする。これが明日のコミュニケーショントレーニングです！」

我ながらいい案だと笑うフィリスの前で、リベルトは困惑した表情を浮かべていた。


――次の日。

早めの昼食を終えたフィリスとリベルトは、ジェーノが来るまでのあいだに打ち合わせをすることにした。

「先に忠告しておきますね。うちのお兄様は基本的には物腰が柔らかく優しいのですが……妹の私のこととなると感情的になるのが玉に瑕《きず》で……もしかすると、リベルト様に失礼な態度をとるかもしれません」

ジェーノは体が弱いのもあり、ほとんど屋敷から出ることがなかった。幼い頃から父親に絵を学び、絵を描くために庭や森へ出たりするくらい。そんな彼の小さな世界で、妹のフィリスは宝物のような存在だったのだろう。

そのため、ジェーノの妹愛はすさまじい。ラウルとの婚約が決まったときも、一か月以上は落ち込んでいた。大事な妹が自分の手から巣立っていくようで、寂しかったのかもしれない。

結果的にフィリスの婚約は破綻したが、婚約期間中、ジェーノとラウルが仲よくすることは一度もなかった。

「お兄様はとにかく過保護なんです。今回も、私が仕えるリベルト様がどんな人なのかチェックしに来るつもりに違いありません」

もちろんそれだけではないだろうが、そういう目的が今回の来訪に含まれているのは確実だとフィリスは思う。

「ゆえに、リベルト様を見る目も厳しくなります。面倒ごとに付き合わせて申し訳ないですが、これもいい機会だと思って、コミュニケーショントレーニングにつなげてしまいましょう」

「……昨日は女性のうまいあしらい方、だったな。今日のはなんのトレーニングになるんだ？」

「初対面の人に、どう接すれば好印象を与えられるか、です。そこの理解ができれば、この前の騎士団とのトラブルみたいなのは今後起こりづらくなると思います」

フィリスからしても、リベルトの第一印象は最悪だ。興味がない相手へのリベルトの塩対応は半端ではない。リベルトという人間の事前情報を知っていたらまだしも、突然あんな冷たい態度をとられれば、誰もいい印象は抱かない。

（リベルト様からすると通常運転なんだろうけど――トラブルにつながってるなら、人との接し方も見なおさないといけないわ）

第一印象はそれ以降の評価にも影響を与えると言われているため、とても重要だ。

「意図はわかったが、具体的になにをすればいい？」

「まず、笑顔で挨拶をしましょう！　笑顔は親しみやすさと安心感を与えられます」

「よく知っているな」

「本で学びました」

そんな本があるのか……と、リベルトは小さな声で呟いた。

「……俺は笑顔を〝作る〟というのをやったことがない。無理に笑えと言われても、難しいな」

「口の端をにっとするだけでいいんです。ほら、こうやって」

フィリスは両手の人さし指をリベルトの口の両端に添えると、無理やり口角をぎゅっと引き上げる。

「……ふふっ！　目が全然笑ってない！」

自分でやっておいて、なんともアンバランスな笑顔にフィリスが笑ってしまう。

「おい。君が笑顔になってどうする」

「ごめんなさい。とりあえず、今の感じを覚えててください。口の端を上げるだけで、印象は変わりますから」

笑顔の練習をしていると、ドンドンと扉をノックする音がした。団員のひとりがジェーノの到着を知らせに来たのだ。

「えっ。お兄様、もう着いちゃったの」

結局、笑顔の練習以外なにもできないまま、ぶっつけ本番を迎えることになった。

「とにかく愛想よく！　これを忘れずに！　では行きましょう。リベルト様」

部屋を出て玄関先に近づくにつれて、ジェーノがフィリスの名前を呼ぶ声が鮮明になってくる。恥ずかしくもあったが、懐かしい兄の声に自然と歩くスピードが速くなった。フィリスはゆったりと歩くリベルトを置いて、一足先に玄関へと急いだ。

「フィリス！」

ジェーノは魔法騎士団支部の玄関に姿を現したフィリスを見つけたとたん、大きく目を見開いた。

「お兄様！」

目が合った瞬間、ふたりの表情が一気にほころび、互いの名前を呼んだだけで笑顔がこぼれる。

「会いたかったフィリス！　立派になって……！　僕にそのかわいい顔をよく見せて」

ジェーノは再会の喜びの勢いのままフィリスを抱きしめると、頬を包み込んで上を向かせる。

「もう、お兄様ったら大袈裟なんですから。まだ離れてたった二か月ですよ」

「二か月もフィリスと離れることなんて、人生で一度もなかったろう。僕が持たせた荷物は、ちゃんと部屋に飾ってあるかい？」

「ええ。もちろん」

相変わらずなジェーノにフィリスがくすくす笑っていると、ようやく玄関に到着したリベルトがカツカツと靴の音を鳴らしながら歩いてくる。そのまま後ろからフィリスの腰に腕を回すと、ぐいっと自分のほうに引き寄せてジェーノから距離を取らせた。

「……リベルト様？」

振り向いてリベルトのほうを見上げると、彼は我に返ったように手を離した。

「すまない。無意識だった」

緊張しているのか、リベルトの様子がおかしい。だが、そんな彼を気にかけるそぶりもなく、ジェーノが自らの存在感を主張してくる。

「フィリス、こちらの方は？」

穏やかな口調ではあるが、その表情にはフィリスと引き離されたことへの不満が滲んでいた。

「手紙に書いた、魔法騎士団副団長のリベルト様よ」

「あー……フィリスが専属でお世話をしているという……」

ジェーノは自分よりも背が高いリベルトの頭のてっぺんからつま先まで何往復もなめるような視線を這わせる。

「お、お兄様、そんなに見たら失礼よ。きちんと挨拶をして」

「……どうも。ジェーノ・キャロルと申します。〝うちのフィリス〟がお世話になっております。ちなみに僕はフィリスが生まれたその瞬間から、彼女のことを知っています」

兄弟なんだから当たり前だ。しかしジェーノは自慢げに、かつリベルトをけん制するようにそう言った。

「リベルト・ノールズだ。フィリスにはいろいろと世話になっている」

リベルトは無駄を省いた至ってシンプルな挨拶だった。ジェーノの謎のマウントも、特にリベルトには効いていない。

「ほら、リベルト様。笑顔をお忘れですよ」

フィリスが小声でリベルトに言う。リベルトは思い出したかのように、彼なりの精いっぱいの作り笑顔を浮かべた。

「……っ！」

その笑顔を見て、ジェーノの表情が強張っていく。ジェーノはフィリスの腕を引き、眉間に皺を寄せたまま耳打ちをした。

「フィリス。なんだあの男は。今僕を見下すように笑っていたぞ」

「え、ええ？　気のせいでは……？」

「いいや。気のせいじゃない。悪魔のような微笑みだ」

（……リベルト様に作り笑いをさせるのは逆効果だったみたい）

「それよりお兄様。こんなところで立ち話もなんだし、庭園のテラスに移動しない？　今日はお兄様とゆっくりお茶でも飲みながらお話ができたらなって」

「ああ。もちろん！　僕も話したいことがたくさんだよ」

「じゃあ移動しましょう。ほら、リベルト様も」

ふたりきりでないとわかった瞬間、ジェーノが「えっ」と声を上げる。

「……フィリス、彼も一緒なのかい？」

「ええ。私、ふたりに仲よくなってほしいの」

「いや……その気持ちは嬉しいよ。でもせっかくなんだから、兄妹水入らずの時間をさ……」

「……ダメですか？　私、リベルト様に自慢のお兄様のことをよく知ってもらいたくって……」

寂しそうに眉を下げ、子犬のような顔でジェーノを見つめた。

「……わ、わかった！　僕が悪かったよ。だからそんな寂しい顔しないで。ほら、テラスへ行こう！」

三人は庭園へと移動し、澄み渡る空の下、共にテーブルを囲むこととなった。

王宮部隊本部の近くには、緑豊かな庭園がある。王宮庭園とはまた別のもので、魔法騎士団、騎士団、魔法士団が管理する憩いの場だ。

そんな庭園の中央に、白いレースのテーブルクロスがかけられた丸テーブルが置かれている。テーブルの上にはティーポットと色違いのティーカップが並び、色とりどりのお菓子が盛りつけられた皿には、ジェーノが好んでよく食べていたチョコチップクッキーもあった。

三人はそれぞれ三角形をつくるような形で座ると、各々お茶とお菓子に手を伸ばす。

最初は様子をうかがうように「おいしい」だの「天気がいい」だの、なにげない発言しかしなかったジェーノが、黙々とお茶を飲むリベルトについに話しかけた。

「ところでリベルトくん」

「お兄様、リベルト様のほうが年上なんだから、そんな呼び方してはいけないわ」

「……リベルトさん」

フィリスに注意され、ジェーノは咳払いをして言いなおす。

「あなたのような立派なお方が、なぜ専属の世話係が必要なんでしょう？　さらに僕よりも年上ならば、もういい大人だ」

「俺はべつに世話係なんて必要としていない。団長が勝手に雇ってくるだけだ」

その言葉に、ジェーノの眉がぴくりと動く。

「つまり、フィリスはあなたにとって必要でないと?」

「最初はそう思っていた。でも今は違う。フィリスがそばにいてくれるおかげで、自分自身にいろんな変化があった」

「変化? たとえばどんな?」

根掘り葉掘り、ジェーノは容赦なく問いただす。

「倒れるまで働き続けるのをやめて、食事をきちんとするようになったり——あと、眠いという感覚を取り戻した。彼女の膝枕で」

「ひ、膝枕……」

ジェーノがカップを持つ手が、微かにカタカタと音を立てて震え始める。

「昔、お兄様がよく言ってくれていたでしょう。私の膝枕は最高だって。不眠のリベルト様に試してみたら効果があったの。ちょっと……恥ずかしかったけど」

さっきまでマカロンをつまんでいた人さし指で、フィリスが恥ずかしげに頬をかく。

「フィリスの髪に顔を埋めると、疲れが吹っ飛ぶ。そういった意味でも、今となってはフィリスは必要不可欠になっているな」

ふっと自然に口角を浮かべて、リベルトが笑った。

「リベルト様、お兄様の前でやめてください」

「本当のことだろう」

じゃれ合っているつもりはなかったが、ジェーノからするとそう見えたのだろう。

どんどん顔が曇っていき、手の震えも大袈裟になっていく。

「フィリス、あまりこの男を信じてはいけない！」

聞くにたえないといった感じで、ジェーノが言葉遣いも忘れてリベルトに指をさす。

「どうして？　リベルト様はとてもよくしてくれているわ」

「だが、最初はフィリスを必要としなかったのだろう。いつまた手のひらを返すかわからないぞ。そのうえ飛び出す言葉は膝枕だの髪に顔を埋めるだの……体目当ての可能性だってある！」

「そんなわけないでしょう！」

「では、やましいことはしていないとこの僕に誓えるか⁉」

ジェーノの矛先が、今度はフィリスへと向く。フィリスは無言で強く頷いた。

「リベルトさん、あなたも僕の妹に手出ししないと約束してください」

「……」

「リベルトさん？」

返事をしないリベルトをジェーノが睨みつける。しばらくにらめっこを続けていたが、なにかに気づいたようにリベルトが目を見開いた。

「ああ、そういうことか」

リベルトはひとりで納得する。その様子を見て、ジェーノとフィリスは戸惑いの表情を浮かべた。

「なぜさっきから理不尽に敵意をむき出しにされているのかと思ったが……理由がわかった。君は大人になっても妹離れができていないんだな。その独占欲が、俺にぶつけられている」

目の前の人物を冷静に分析するように、リベルトはじーっとジェーノを見つめて言った。

「俺はわけもわからず怒られることがよくある。その原因は不明なことが多かったが、君みたいにわかりやすいと非常に助かる」

「なっ……なんて失礼な！　貴様なんぞに妹は任せられない！　このまま連れ帰らせてもらう！」

ぐさりと言葉のナイフが刺さった様子のジェーノは、なんとか反撃するも、リベルトは涼しい顔をしたまま焦りのひとつも見せやしない。

（……コミュニケーション能力に問題があるふたりを引き合わせるのは、間違いだったかも）

今日のトレーニングは失敗だ。

どうやってこの事態を収束させようか。考えるだけでフィリスは頭が痛くなってくる。

――そんなときだった。

「魔物襲来、魔物襲来です！　魔鳥から知らせがありました！」

伝令係がそう叫びながら、緊迫した表情で庭園に駆け込んでくる。

この国には国の治安のために教育されたカラスに似た姿の魔鳥が国の監視役を担っており、トラブルが発生した際、すばやく情報を届けてくれるのだ。

（こんな緊急事態、初めてだわ）

フィリスの胸がざわついた。よりによってジェーノが訪問しているときにこんな事態が起きるなんて。

「現場はどこだ。魔物の種類は？」

言葉を失うフィリスとジェーノをよそに、リベルトが伝令係に冷静に問いかける。

「王都から南西に位置する辺境地です。魔物はワイバーンの群れ。現地の騎士たちが向かって応戦中ですが、敵が飛行能力を持つため苦戦しています」

伝令係の報告を聞いて、フィリスとジェーノが顔を見合わせる。まるで鏡のように、互いの顔色がさーっと青ざめていった。

ワイバーンといえばドラゴン型の魔物。その群れが南西の辺境地の空を覆う様子を想像して、フィリスはゾッとした。

「……南西の辺境地って……私たちの家のすぐ近くだわ……」

「そんな……今朝はなんともなかった。変わった様子なんて、どこにも」

「お兄様、どうしよう！　もしお父様とお母様……屋敷のみんなになにかあったら……！」

心臓の音がうるさくなって、声は勝手に震えだす。ジェーノもフィリスと同様の反応を示した。

「ああ、どうして僕はこんな日に、みんなを置いて出てきてしまったんだ」

吐き出すように後悔の言葉を口にすると、フィリスを抱きしめようと伸ばした手が弱々しく空を切る。さっきまでこの場を彩っていたはずなのに、もはや場違いに見えるお菓子たちは、この重い空気を表すように乾き始めた。

「……フィリス。ジェーノ」

全身が震え、動揺に支配されているふたりの名前を、リベルトがなぞるようにゆっくりと呼んだ。

「安心しろ。絶対に全員助ける」

リベルトの目つき、そして目の色が変わった。

「ついてこい。現場へ行く」

「で、でも、ここからは数時間かかります……！」

実際に馬車でここまで来たフィリスは、どれだけ距離が遠いか把握している。これから現場へ向かって全員助けるなど現実的ではない。

「つべこべ言わずに一緒に来い。そうすれば、不安なんて消してやる」

リベルトは凛々しい眼差しでそう告げると、すぐさま門のほうへ走り出した。もつれそうになる足を必死に動かして、フィリスとジェーノも後を追う。絶望が襲ってくるこの状況下で、その背中はやけに大きく逞《たくま》しく見えた。

「エルマー、状況は」

門の手前にエルマーの姿、そして奥にはアルバ、デーヴィッドに加えて魔法士団の団長、ローランの姿があった。

「現地に待機していたのが騎士のみだったため、飛行型のワイバーンを捕らえるのに苦戦しているようです」

「ローランの転移魔法を使おう」

「その予定です。現在、誰が向かうかの話し合い中です。ローラン団長の魔力をフルで使っても、連れていけるのは四人までですから」

（四人までなら……間違いなく私とお兄様は行けない……）

戦力となる人が行くべきだ。戦えないフィリスやジェーノが向かったところでなんの役にも立たない。……頭ではそう理解しているのに、気持ちは簡単に割りきれなかった。もどかしい気持ちを抱えたまま、フィリスは無力な己を悔やんで唇を噛みしめる。

「リベルト、早く来い！　この四人で現場へ飛ぶ」

アルバがデーヴィッドとローランのほうを見た後、リベルトに視線を移しながら言う。

「アルバ団長。フィリスとジェーノも連れていってほしい」

リベルトはアルバに呼ばれてその輪へ入っていくなり、とんでもないことを言いだした。

「なにを言っているんだ。緊急事態だぞ」

「襲われているのは彼女らの実家近くなんだ。家族の無事を本人たちの目で一刻も早く確認させてやるべきだろう」

リベルトが熱を込めて言うと、アルバは面食らった顔を見せる。

「……お前がそんなことを言うとはな。いつも効率でものを判断していたというのに」

アルバは感心したような、でも少し呆れたようなそんな表情を浮かべた。

「はっ。またこれか。ひとりで余裕って言いたいんだろ。女にいいところ見せて功績も独り占めか。どうせ飛行型のワイバーンに、剣しか扱えない俺は必要ないって言いたいんだろ。魔法のほうが遠隔攻撃できるもんなぁ？」

戦場へ行く候補者として外されたと判断したデーヴィッドは、リベルトへの不満が止まらない。

「勝手にしろ。ローランも付き合わされてかわいそ――」

「いいや。デーヴィッドは一緒に来てもらう」

さっさとその場を去ろうとするデーヴィッドの肩を、リベルトが背後からぎゅっと掴む。

「……は？　な、なんで俺が」

「ローランの転移魔法は、自分以外の誰かを送り込むだけでも使えるはずだ。そうなれば、ローランを除いた四人が転移できる。最後のひとりはデーヴィッドだ」

「だから、なんで俺なんだよっ！」

「ワイバーンは尻尾を落とすまでが大変な魔物だ。だが、魔法でピンポイントに尻尾を落とすのは難しい。しかもそれが一体だけでなく何体もいるならなおさらだ」

ワイバーンは尻尾に毒を持つ。弱点の尻尾を切り落とせばバランスが保てずに飛行ができなくなる――リベルトの魔物資料にそう書いてあったのを、フィリスはふと思い出す。

「！　リベルト様がなにかしらの魔法で相手をひるませて、よろけたところをデーヴィッド副団長が狙って切り落とす！　こういうことですね⁉」

リベルトのあらゆる魔物対策一覧を見てきたせいか、フィリスの脳内にあっという間にその図が描かれる。読みはあたっていたようで、リベルトはにやりと笑みを浮かべた。

「その通り。現場にはほかの騎士もいるだろうが――一発で尻尾を仕留められるような腕の立つ騎士は、デーヴィッド。君しかいない」

「……！」

淡々としているが、素直でまっすぐな言葉を受け、デーヴィッドの目が見開かれる。

「……ちっ。わかったよ。行けばいいんだろ」

不満そうな物言いだが、表情はやる気に満ち溢れている。デーヴィッドが納得したところで、フィリスはずいっと前に出た。

「お願いします、アルバ団長……！　私たちが無力なのはわかっています。でも、みんなが心配なんです！　一緒に行かせてください！」

「僕からも無理を承知でお願いいたします！」

このチャンスを逃さないとばかりに、必死にフィリスとジェーノが訴えかけると、アルバはため息をついた。

「リベルト、お前、責任とれるんだろうな……？」

確認するように、アルバがリベルトに聞いた。

「ワイバーンなら過去に何度も倒してきた。何体いようが平気だ」

「……わかった。じゃあ私は辞退するよ。ローランはこの作戦、どう思う？」

アルバがローランを気遣うと、ローランは苦笑しながら言う。

「構わないです。むしろ助かりました。四人分の転移魔法を使うと、魔力消費が大きくて体に負担がかかるんです。僕は現場に行ったところでしばらくはなにもできない。それならデーヴィッドが行くほうが効率はいいでしょう。……帰りは自力で戻ってもらうことになりますが、そこさえ承諾いただけるならすぐにでも転移させます」

「頼む」

「わかりました。では……」

迷いのないリベルトの即答を聞いて、ローランが四人に向けて両手をかざす。

次第に大きな光に包まれて、全身がのまれていく感覚がした。フィリスはおもわず目を固く閉じる。そして次に開けたときには——懐かしい緑の景色が飛び込んできた。

（すごい！　こんな一瞬で！）

フィリスは転移魔法のすごさを身をもって思い知った。ローランが魔法士団の団長になるのも頷ける。

「ジェーノ、フィリスを連れてできるだけ後ろに下がっていろ」

リベルトが空を見上げたままジェーノに指示を出す。つられて上を見ると……ワイバーンの群れがぐるぐると空を飛び回っていた。

（さん、よん、ご、ろく……七体はいる！）

ようやくリアルに身の危険が迫っているのを感じ取って、フィリスの背筋にぞくりと悪寒が走る。

「フィリス、行こう！」

ジェーノはフィリスの手を取って、ワイバーンの群れが飛んでいる場所から離れていった。転移した位置は、実家のキャロル家の屋敷がすぐそこに確認できるほど近い位置にあたる。

（遠目で見たところ……屋敷や庭が荒らされている形跡はないわ）

即座に走り出して安否を確認しに行きたいが、勝手な行動を取ればリベルトたちに迷惑がかかるかもしれない。まずは自らの安全をきちんと確保するのが先だと思い、フィリスは動きだしそうな足を踏ん張った。

現地の騎士が数名、リベルトとデーヴィッドのもとに駆け寄る。ワイバーンを仕留めようと試みたが、魔法が使えないため高く飛ばれると手も足も出せないと切羽詰まった声で説明しているのが、フィリスの耳にも届いた。

（リベルト様、何体でも大丈夫だと言っていたけど……実際はどうなんだろう）

信頼の中にも、心配は生まれる。

（どうか……この危機を救って！）

――フィリスがそう願ってからは、本当に一瞬の出来事だった。

リベルトは一寸《いっすん》も狂わずに飛んでいるワイバーンに氷魔法を放った。尖《とが》った氷柱が銃弾のようにワイバーンに直撃すると、ふらついたところでデーヴィッドが高くジャンプして、そのまま尻尾を切り落とす。これもまた、正確に一撃で尻尾を仕留めていた。

まるで流れ作業のように蹴散らしていくと、地面に落ちたワイバーンをリベルトが広範囲の火属性魔法で一気に燃やしていく。

普通の炎とは違う魔力を帯びた炎は、ワイバーンの硬い鱗《うろこ》をも貫通して焼き尽くした。

「ふぅ。もう終わりか？　転移魔法まで使った割にはあっけなかったな」

ワイバーンの体液が付着した剣をしまい、デーヴィッドが暴れ足りないと伸びをする。

「……にしても、さすがだねぇリベルトは。俺がいる必要はなかったかもな」

デーヴィッドはそう言って、ゆらめく炎を見つめた。

「いいや。君が確実に尻尾を捉えてくれたおかげで、俺も助かった。それに……以前よりデーヴィッドの剣の腕が上がっている気がする。先日の任務で俺が下した判断は、間違っていたかもしれないいな」

「な、なんだよお前。いきなり調子狂うだろ。これまで俺の剣の腕なんて、見もしなかったくせに」

「見てはいた。だから一緒に来てもらったんだ。ただ、わざわざ褒めても意味がないと思っただけだ」

「じゃあどうしてまた急に。一時の気の迷いか？」

けだるげに鼻で笑うデーヴィッドに、リベルトは言う。

「意味がないようなことでも、伝えることで相手が喜ぶのなら悪くない。コミュニケーションとはそういうものなんだろう」

「……なんだか意味わかんねぇけど……ああ、ったく！　俺もこないだは悪かったよ！」

「べつにいい。それより素行の悪さを直せ。剣の腕がもったいない」

「あー、やっぱうざってぇ！」

デーヴィッドは頭を抱え、リベルトから顔を背ける。言葉と裏腹に、デーヴィッドはどこか嬉しそうだった。

一触即発だったふたりがここへ来て仲直りできたようで、フィリスも微笑ましそうにその姿を見守った。

「……フィリス！　ジェーノまで！」

遠くから名前を呼ばれて振り返ると、そこには両親の姿があった。

「お父様、お母様！」

怪我ひとつない姿を見て、フィリスは一目散に両親に駆け寄り、両手を広げて飛びついた。片腕ずつ抱きしめられ、背後からはジェーノがそっと体を包んでくれる。

（あったかい……本当によかった……！）

久しぶりに家族全員の体温に触れ、フィリスは涙が溢れそうになった。

「無事でよかったです。魔物が現れたと聞いて、心臓が止まるかと思いました。ここにはお兄様と一緒に、転移魔法で送ってもらったんです」

「そうだったのか。私たちも驚いたよ。ジェーノが朝早くにここを出て、しばらくはなにもなかったんだ」

「昼前くらいに突然辺りが騒がしくなってね。外に出たら、魔物が何体も飛んでいるじゃない。あまりの恐ろしさに腰が抜けて、屋敷から一歩も出られなかったの」

どうやら両親はこの騒ぎが起きている最中、ずっと屋敷に身を潜めていたそうだ。

現地の騎士が手前の道でなんとか足止めしてくれていたため、屋敷にワイバーンがたどりつく前に処理できたが——あと少し遅ければ、間違いなく屋敷は襲われていただろう。

(転移魔法がなければ終わってたわ……)

最悪の事態を想像するとぞっとする。フィリスは帰ったらローランにどうお礼を言えばよいかわからない。それに――。

「リベルト様とデーヴィッド副団長がいなければ、どうなってたか」

顔を上げると、リベルトがちょうどこちらに向かってきていた。

「フィリス、あの人は……？」

「手紙に書いた、私が現在仕えているお方、リベルト様です」

父親の問いかけに返答すると、母親が「まあ！」と声を上げた。

「家族は無事だったようだな」

安堵の笑みを浮かべて、リベルトが言う。

「はい！　皆さんのおかげです！　ありがとうございます！」

フィリスに続いて、キャロル家の全員が頭を下げた。

「あれ、デーヴィッド副団長は……？」

「あいつはほかの騎士と共に近辺の調査に向かってる。ほかに被害がないかどうか、きちんとチェックしないとな。……まぁ、魔物のにおいや気配はもう消えている。大丈夫だろう」

リベルトが放った炎はようやく消え、地面ごと焦げていた。

「俺はこの焦げてしまった土地一帯をどうにか回復させて、そこから調査へ向かう。夕方にはここを出られるだろう」

「で、では私も一緒に！」

「フィリスは家族のそばにいてやれ。危険な目に遭ったんだ。きっとまだ恐怖が完全に抜けているわけではない。それに、久しぶりの実家だろう？」

連れてきてもらったからには、せめてなにか役に立ちたい。そんなフィリスの申し出を、リベルトはやんわりと断った。

「残った時間を家族と過ごす。それが今日の君の仕事だ」

「……リベルト様」

「終わったら迎えに来る」

リベルトはそう言い残し、まずは焦げた地面の修復を試みている。氷魔法で冷たい霧が焦げた部分を覆い、ゆっくりと溶けていく様子を眺めていると、母親がフィリスの腕を組んで言う。

「すっごくかっこいいじゃない。リベルト様。しかもお優しいのね！」

「ああ。強く逞しく、非の打ちどころがない青年じゃないか」

両親はリベルトに対してかなりの好印象を抱いたらしい。初対面の人に好印象を残すという今日の目標は、意外な場面で達成できてしまった。

（非の打ちどころがないに関しては……ちょっと頷きかねるけど……）

あえて印象を落とす必要もないだろうと思い、黙っておく。

無事に修復を終えたリベルトは、デーヴィッドたちの後を追いかけるため歩きだす。その背中に向かって、ジェーノがいきなり駆け出した。

「ま、待ってください！」

リベルトが立ち止まって振り返る。

「……ありがとうございます。僕は、君に失礼な態度をとったのに」

「それとこれとは関係ない。大体、俺は失礼だとは思っていない。君は妹のフィリスをなにより大事にしているのだろう」

「……僕はフィリスが傷つくところを見たくない。だからあなたのことも警戒していた。わずかにでも妹を傷つける要素があったら任せられないと。……フィリスは、傷つけられたばかりだから」

ふたりの会話は、フィリスにも聞こえていた。

(お兄様、ラウル様との婚約破棄を私以上に気にしてくれていたのね)

ラウルに冷たい態度をとられても平気だった。ラウルを好いてなかったため、婚約破棄でショックも受けていない。

だがその事実を聞かされるだけだったジェーノからすると、フィリスのそんな本心はわからないのだろう。ただそっけない態度をとられ、一方的に婚約破棄をされたという事実だけが彼の心に残っているのだ。

元々シスコンだったジェーノだが、リベルトを見る目が特に厳しかったのにはこういった要因があったのだろう。

ジェーノの想いに気づいた瞬間、フィリスの胸の奥がじわりと温かくなった。

「しかしリベルトさん、あなたにならら妹を任せられる。そう思った。なにより……あなたがフィリスを時折見つめる眼差しは、僕と似ている」

眉を下げてジェーノが微笑んだかと思うと、今度は突然眉をキッと上げて、険しい表情のまま口を開いた。

「ただし！　万が一でもフィリスを傷つけることがあれば、僕は絶対許さない。どんな手を使ってでも実家に連れ戻して、二度とあなたに会わせることはない。それを忘れないでくれ」

「……肝に銘じておこう」

強い意志を感じ取ったのか、リベルトもまた真剣な表情で頷いた。

その姿を見てジェーノはようやくリベルトを認めることができたのか、無理やりリベルトの手を取って固い握手を交わす。

フィリスのもとに戻ってきたジェーノは清々《すがすが》しい顔をしていた。そして、フィリスの頭を優しく撫でる。

「いつまでもフィリスの仕送りに頼っていちゃいけないな。僕も家族を守れるように、もっと力をつけるよ」

僕なりのやり方で、と微笑むジェーノに、家族みんなで笑みを返した。

「フィリス！」

和やかな空気になったところで、フィリスを呼ぶ幼い声がした。

それはすぐ近くの村で暮らすシェリーという幼い女の子で、フィリスも何度か一緒に遊んだことがある。

「シェリー、無事だったのね！」

無傷な彼女を見てほっとすると、フィリスはシェリーのもとに駆け寄った。

「うん。みんな無事だよ。でもね……」

目尻に涙を浮かべるシェリーを見て、フィリスは困惑した。

「どうしたの？　なにかあった？」

「……魔物のせいで、丘がぐちゃぐちゃに……」

その言葉を聞いて、フィリスはすべてを察する。

近くには小高い丘があり、そこはこの辺境地で暮らす住人たちにとって、癒やしの場として長年愛されている場所だった。フィリスも何度か訪れており、シェリーと出会ったのもその丘だ。

見晴らしがよいだけでなく、四季折々に視覚を楽しませてくれる草花は美しく、とにかく眺めが最高で、父も兄もそこでよく絵を描いていた。日が沈むまでは子供たちの笑い声が響き、夜には星空を眺めに来る大人たちもいた。

「フィリスの魔法で、また綺麗になる？」

老若男女に愛される場所が、ワイバーンによって荒らされてしまった。そのせいで泣いているシェリーを見て、フィリスは力強く頷く。

「もちろんよ。みんなが大好きなあの丘は、私が必ずもと通りにしてみせるわ」

だから泣かないで、と、フィリスはシェリーの頬を伝う涙を優しく拭う。

そのままフィリスはシェリーと手をつないで、丘への道を駆け出した。ジェーノも慌てて追いかけてくる。

　丘に到着すると、辺境地に住む数少ない住人たちの半分以上が集まっていた。

　草花はなぎ倒され、綺麗だった景色は跡形もない。成れの果ての中で暗い表情を浮かべる住人たちを見ると、フィリスの心がずきりと痛む。

　しかし、みんなフィリスの姿を見ると、その眼差しに一筋の光が宿った。

　その期待に応えるように、周囲の皆が見守る中、フィリスは意識をぐっと集中させて回復の願いを込めた魔法を発動する。

　すると、地面に押し潰されていた花たちが、鮮やかな彩りと葉に艶を取り戻していく。茎はみずみずしさをまとって、じわりと立ち上がり始めた。

「わあ……！」

　みるみるうちに荒れた草花たちは息を吹き返し、その光景にシェリーや、ほかの住人たちも感動の声を漏らす。

(こんな広範囲に魔法を使ったことなかったけど……うまくいったみたいでよかった)

　フィリスが一安心していると、足もとにシェリーが抱きついてきた。

「フィリス！　ありがとう！　フィリスの魔法はやっぱり世界一だね！」

「……シェリー」

さっきまでの泣きそうな表情はどこへやら。彼女は満面の笑みを浮かべてフィリスを見つめた。

このあたりで魔法が使える者は、現在ではフィリスしかいない。そのためシェリーのような幼い子は、フィリスの魔法しか見たことがないのだ。この世界にもっとすごい魔法があることもまだ知らない。だからこそこんな純粋な言葉をくれるのだろう。

それを理解していたとしても……フィリスはとても嬉しかった。

「僕もそう思うよ！　フィリスの魔法は最高だ！　さすが僕の自慢の妹！」

今度は後ろからジェーノが力強く抱きしめてくる。それを合図にしたかのように、次々とその場に居合わせた住人たちがフィリスのもとに集まってお礼を口にする。

フィリスは困ったような笑顔を浮かべながら、みんなが無事でいたことと、みんなの笑顔を取り戻せたことを、心から幸福に感じていた。


午後六時。調査も一段落つき、フィリスはリベルトとデーヴィッドと共に王都に帰ることになった。馬車に揺られながら、見えなくなるまでキャロル家の面々に手を振り続けた。

しばらくはまたこの地と離れ離れだ。それでも、最初に王都へ発つときのような寂しさはない。再会の時間は短かったが、家族の絆を再確認するにはじゅうぶんな時間だった。

「ここから五時間か。王都に着くころには真っ暗だな」

窓から夕焼け空を見上げ、デーヴィッドがけだるげに呟く。

狭すぎず、かといって広すぎず、適度な広さの馬車内にはリベルトにデーヴィッド、そしてフィリスという変わった取り合わせの三人組が座っている。

「そういえば、調査では特に気になる点は見あたらなかったんですか？」

フィリスがふたりに質問をすると、先に反応を示したのはデーヴィッドだった。

「大きな被害が出る前に俺たちで食い止めたからな。大事には至らなかったぜ。被害者もゼロ。これは帰ったら褒美が楽しみだ」

親指と人さし指で、金貨を表す丸を作ると、デーヴィッドは悪い笑みを浮かべた。

「ひとつ、気になる点があるといえば……フィリスの屋敷から近い場所に、倒した覚えのないワイバーンの死骸があったことだ。しかも、なかなか無残なやられ方でな」

今度はリベルトが神妙な面持ちでそう言った。

「ああ、辺りは血まみれだったもんな。あの血のにおいに誘われて、群れが襲ってきたに違いねぇ。やつらは馬鹿だがずば抜けた視力があるし、鼻が利くからな」

フィリスが住む僻地の周辺には沼地があり、そこにはずっと昔からワイバーンが棲みついていた。近づかなければ危害は加えられないと言われていたため、誰もその沼地に足を踏み入れないのが暗黙のルールとなっていたはずだが……。

「ワイバーンは縄張りを守る習性がある。縄張りを荒らされたり勝手に侵入されたりしない限り、自分たちから外に出ることはない。派遣された騎士が定期的に沼地を監視し、数年間なにも起きなかったというのに……なぜこうなったのか」

「どうせ通りすがりの冒険者か、ワイバーンの毒を狙ったろくでもねぇ連中が私欲のために縄張りに踏み込んだんだろ。田舎はどうしても王都より警備が薄くて狙われやすい。深い理由はねぇさ」

デーヴィッドの話によると、尻尾の毒はどうやら薬に使えるらしい。といっても毒薬のため、表では取引されることはないようだ。

「……そうだな。誰かが仕組んだという証拠もない」

「そういうこった。さてと、俺は王都に着くまで寝かせてもらうぜ」

フィリスとリベルトは横並びに座っているが、デーヴィッドはその向かい側の席をひとりで占領している。

両手を頭の後ろで組んだ状態でデーヴィッドはその場に寝転がると、五分もすればいびきをかいて爆睡していた。

車輪が道を駆ける音と、デーヴィッドのいびき。耳ざわりがいいとは決して言えない音を聞きながら、馬車はひたすら王都までの道を走っていく。

「リベルト様、今日は本当にありがとうございました。魔物はもちろん、私とお兄様をここに連れてきてくれたことも感謝いたします」

当初の四人で来ていれば、帰りも馬車に乗らずに済んだだろうに。

「不謹慎かもしれないですが……一緒に来られてよかったです。魔物と戦うリベルト様は……純粋にとってもかっこよかったです」

足もとをふらつかせ、ぼろぼろになっていた人とは思えない。エリートと呼ばれる所以を疑う余地もないほど、完璧な戦闘だった。

「それを言うなら、俺もいいものが見れた」

「いいもの？」

「ああ。君の魔法が、辺境地のみんなを笑顔にしていた。……フィリスの魔法は、植物だけでなく人の心まで回復させるんだな」

ものすごく優しい声色でリベルトに言われると、フィリスの顔が熱くなる。

「リベルト様も丘に来ていたのですね。気づきませんでした」

「こっそりな。最初は調査にすぐ合流するつもりだったんだが……どうにも気になって。だが、おかげでフィリスの新たな一面が見られた」

恥ずかしがるフィリスをよそに、リベルトは言葉を続ける。

「それに、フィリスはジェーノだけでなく、家族みんなと仲がいいんだな。支え合って生きているのがよくわかった。……素敵な家族だ」

自分だけでなく、家族ごと褒められるのは倍嬉しくもあり、照れくさくもある。

「リベルト様は伯爵家に帰ったりするのですか？　どんなご家族か気になります」

いろんなところが常人と大きくズレていたリベルトは、幼い頃どういった環境で過ごしていたのだろうか。

「俺の家族は……そうだな。両親はものすごく厳しかった。俺の父は魔法騎士団に入りたかったが、入団試験に落ちてその夢を諦めていたんだ。そのせいか、俺に自分の夢を叶えさせようと必死だった。幸い魔力は元々強かったんだが、剣技に関しては物心がついたときからみっちり稽古をつけられた」

朝から晩まで、手に血豆ができるほどだったとリベルトは嘲笑する。

「それでもうまくできると褒めてくれる。子供だった俺は、それだけのために頑張れたんだ。俺には弟がいるんだが、弟は正反対にのびのびと自由に育てられていたよ。

弟には魔力がなかった。父の願いを叶える役目としては選ばれなかったが、息子として大事にされていた」

(それって——どっちが幸せなんだろう)

話を聞いて、フィリスはふとそう思った。比べるものではないとわかっている。だが、リベルトが父親にエゴを押しつけられていたことには違いない。

「俺は魔法騎士団に入らなければ息子でいられない。そんなわけないのに、頭が勝手にそう解釈していた。だからほかのことに興味を持ったり、娯楽に興じる暇はなかった……だがそのかいあって、俺が一発で魔法騎士団の試験に受かったときはすごく喜ばれた」

同時にやっと解放された気がしたと、リベルトは言った。

「最初は親のために入った魔法騎士団だったが、俺は入団してからこの仕事の楽しさにのめり込んだ。魔法、剣技、魔物。そのすべてが奥深く、興味が湯水のように湧いて出てくる。好きな時間に好きなだけ仕事をしても、誰も俺をとがめない。最高の環境だった」

(使用人や親の目がなくなって、解放されたリベルト様の完成形が——私が出会った頃のリベルト様だったのね)

昔からあんなに滅茶苦茶だったわけではないのだ。フィリスはリベルトの生い立ちに思いを巡らせる。

勉強するにも剣技を磨くにも、自主的に行動することは許されなかった。本来のリベルトはどんなものにも興味を持つ好奇心旺盛な気質を持ちながらも、それをずっと押さえつけられていた。

自由にできる環境を得て、それが一気に解放されたのかもしれない。

「魔法騎士団への道を示してくれた父にも感謝するようになった。だが、俺が副団長に昇格する直前に、父に言われたんだ。副団長としてのキャリアをある程度積んだら退団して伯爵家を継げと。父の中では、俺が魔法騎士団に受かった時点で自分の夢が達成されていたんだろう」

「そんなの、自分勝手すぎます……！」

人の親を悪く言いたくないが、気づけば声を発していた。

「でも、俺もそのとき気づいた。俺が努力したのは、父に誇れる息子になるためじゃない。自分自身のためだったんだと。生まれて初めて猛反発して、魔法騎士団に残留する決意をした。実家は弟が継ぐことになったが、それからあまり連絡はこなくなったな。だから伯爵家に帰る機会はない」

フィリスは憂いを帯びたリベルトの横顔を、静かに見つめていた。

「でも、俺はこの選択に後悔は微塵《みじん》もない。大好きな仕事を続けられる。それは、俺が望んだ幸せだと言いきれる。……それに今日、改めて気づかされた。フィリス、君のおかげで」

「……私？」

フィリスのほうを向くと、リベルトは小さく頷いてみせる。

「君は以前、俺がなぜ魔物研究に没頭するようになったかを尋ねてきただろう？」

「あ、はい。睡眠を忘れるほど熱中するきっかけがあったのかなって……」

つい最近のことなのに、もうちょっとだけ懐かしい記憶だ。

「あの時は言わなかった、というか、俺も思い出さないようにしていた」

「……なにかあったんですか？」

「魔法騎士団に入ったばかりの頃、今日みたいに急な魔物による襲撃事件が起きたんだ。俺ともうひとり、同期の団員が、新人ながらに実力を買われて現場へ向かうことになった。そこで――」

魔物に対して誤った知識を持っていたせいで、同期の団員が大怪我をしてしまった。彼はそのときの怪我で、剣を握ることが難しくなったという。

「目の前でそういう姿を見て……俺は後悔した。なぜもっと、魔物を理解しようとしなかったのか。もっと研究をして、その知識を俺以外の団員にもきちんと伝えていれば防げた事故だったかもしれない」

「……じゃあ、リベルト様が魔物研究を突きつめるようになったのは、同じような事故を起こさないためだったのですね」

「取っかかりはそうだった。だが、いつの間にか研究自体が楽しくなって、ただただ没頭していたのもまた事実なんだ。でも今日、俺は初心を思い出すことができた。それは、研究のことだけじゃない」

リベルトの目に、いっさいの迷いもない真剣な光が宿る。

「俺はいつも国のため、民のためと言いながら、魔物と戦えることにやりがいを感じていた部分が大きかった」

魔物を攻略し、新たな技を考える。

それらはリベルトの仕事でもあり、趣味でもある。

「だが今日は――君と、君の故郷を守るためだけに戦った。おかげで戦闘時のことをなにも覚えていない。帰っても、資料にまとめる情報がなにもない」

リベルトは言う。誰かを、なにかを守るのが〝騎士〟だったと。その最高位にいるのが、魔法騎士団なのだと。

「フィリスにはこれまでも、いろんなことを教わった。ここへきてまさか、騎士としての在り方まで教わるとは思わなかったな」

ただただ強く才能があり、気づけばこの地位まで上りつめていたのだろう。

そんなリベルトがまた一歩、大きく成長するこの瞬間に立ち会えて、フィリスは光栄だと思う。

「実は私も今日、気づいたことがあるんです」

「……君も？」

「はい。自分の間違いに。私はリベルト様に、初めて間違いを教えてしまいました」

思いあたる節がないようで、リベルトはきょとんとしている。

「リベルト様にコミュニケーショントレーニングは必要ありません。私のアドバイスや教えは、忘れていただいて結構です」

「なぜ急にそう思ったんだ？　アルバ団長やエルマーも、俺にはコミュニケーション能力が必要だと言っていただろう」

「ええ。でも、今日、あなたにトレーニングはいらないとわかったんです。だって、特別なことをなにもしなくたって、お兄様もデーヴィッド副団長も、最終的にはリベルト様を認めていらっしゃいましたよね」

フィリスはデーヴィッドをちらりと見る。当の本人は話題に挙げられていることに気づかず、相変わらず気持ちよさそうに眠っていた。

「相手にどんなに誤解されても、それをもとに戻す力を、リベルト様はすでに持っていらっしゃいます」

たしかにうまく生きていく上でコミュニケーション能力は必須だ。しかしそれ以上に大きな魅力を持ってさえいれば、自ずとカバーされていく。

それに最近のリベルトは、フィリスから見ても変わった。雰囲気も柔らかくなり、協調性も出てきた。

今回デーヴィッドをこの場に誘ったのも、今のリベルトだからできたこと。そのためデーヴィッドは最初、あんなに驚いていたに違いない。

彼にとっては意味のない言葉を伝えられるようになったのも……リベルトの中で変化が生まれ、常に成長しているからだ。

「リベルト様。あなたはありのままで、じゅうぶん魅力的です。それはもう、私があなただけに集中してしまうくらい」

リベルトを見つめると、自然にふわりと笑みがこぼれる。彼の瞳に映るフィリスの姿は、幸福感に満ち溢れたような表情で笑っていた。

春の風のような柔らかな微笑みを受け、リベルトが自らの左胸を押さえる。

「……ここが温かくなる理由が、わかった」

「……えっ？」

独り言のように、リベルトが小声でなにかを呟いた。

「なぜ俺がフィリスに興味を持っているのかも。……そうか。単純なことだった」

「リ、リベルト様？」

「フィリス。俺は自分が好きなものにしか興味がない」

「はい。知ってますけど——え？」

なんとなくフィリスはリベルトの言いたいことを察して、まさかと思いつつ顔が早速熱くなってくる。

「ずっと君に興味があった。そしてこの興味は、好きってことだと気づいた」

「！」

揺れの少ない馬車ではあるが、ムードもへったくれもなければ、寝ているとはいえ第三者がいる空間での告白。

そんな状況下でも、リベルトは容赦なくフィリスに前のめりで迫ってくる。

こんなところをデーヴィッドに見られたらどうするのかと、フィリスは彼の様子を再度うかがうも、やはり起きている気配はない。ありがたいような、助けてほしいような複雑な心境になった。

「以前、俺は君の笑顔をかわいいと言ったな」

「え、えっと……」

胸にあてていた手が、今度はフィリスの頬へと伸びた。

誰かに背を押されればキスをしてしまいそうなほどの距離にリベルトがいる。熱のこもった眼差しから逃げようとするも、どうしてか目が離せない。

「今はかわいくもあり……とても、愛おしく思う」

吐息交じりの声で囁《ささや》くと、リベルトはフィリスの頬にキスを落とした。

「っ⁉」

びっくりしてリベルトを見上げると、見たこともない照れくさそうな表情を浮かべている。リベルトはキスを落とした部分を優しく指で撫でながら、固まるフィリスを見て愛おしげに目を細めて笑った。

「フィリス、君が好きだ。この先も一生、俺のそばにいてくれ」

（……い、いきなり重い！）

そう思いながらも、フィリスの心臓は壊れそうなほど早く脈打ち、息をするのさえ忘れていた。
その後も頭の中は真っ白で――フィリスはただ、リベルトを見つめることしかできなかった。

7　嫉妬と再会

午後十一時過ぎに王宮部隊本部へ帰ると、リベルトとデーヴィッドは怪我人も死者もひとりも出なかったことをアルバとローランに大層褒められていた。

フィリスは馬車内での告白をデーヴィッドに聞かれていたらどうしようと気が気でなかったが、これといって気づいているそぶりもなかったため、とりあえず一安心する。

リベルトは、告白したもののフィリスに返事を求めなかった。付き合いたいとか、恋人になりたいとか……そういう見返りを求めるよりも、単純に自分の気持ちを伝えたかったのかもしれない。

翌日。仕事は通常通り開始された。

（変に意識しちゃう……けど、リベルト様は今朝からなにも……）

変化はない。

そう思っていた矢先に、食堂から戻ってきたリベルトがフィリスをじーっと凝視してくる。

「おかえりなさい。あの、なにか……？」

「髪型、変えたのか？」

「あっ。はい。お昼休みにナタリアさんが編んでくれたんです」

ナタリアがいつもしているのと同じように、フィリスの長い髪を太めの三つ編みに結ってくれたのだ。

「そうか。そうしていると雰囲気が変わるな」

「仕事ができそうに見えますか？」

「ああ。似合ってる。かわいい」

（かわいいかどうかは聞いてないのに！）

こんなふうに褒めてくれるのも、細められる目元が前よりずっと優しいのも、口もとに浮かべた笑みが穏やかなのも――すべてに変化が見られた。

「どうした？　顔が赤いな」

「だ、だって、リベルト様が平気でかわいいなんて言うから……」

そもそもジェーノ以外の異性に褒められることに、フィリスは慣れていない。婚約者のラウルには「地味」としか言われてこなかった。

「俺にかわいいと言われると、君はこんなにいじらしい反応をしてくれるのか。それならもっと言いたくなる」

「ちょっとリベルト様、下がってください……」

いつの間にか壁際に追いつめられているのに気づき、フィリスはリベルトの胸を押し返そうとするが、厚く逞しい胸板は押してもびくとも動かない。

「フィリス」

耳もとに唇を寄せられて、低い声で名前を呼ばれる。

「本当に君はかわいいな。それに……そんな顔をされては、期待してしまうだろう」

右手は壁に手をついて、左手はフィリスの後れ毛に触れてそっと耳にかけた。

フィリスは頬を赤らめ、リベルトの行動一つひとつに反応し、恥ずかしさと戸惑いから瞳を潤ませる。だが、そんな自分の表情を確認する術はない。だからリベルトの言う〝そんな顔〟がどんなものかわからなかった。

「君は俺を意識してくれているんだな」

「……っ！」

するな、というのが無理な話だ。

元々、共に過ごす時間が増えるにつれて、フィリスはリベルトを人として素敵だと感じ始めていた。最初の段階でこんなふうに攻められても、フィリスの感情は少しも乱されなかっただろう。逆に不快に感じたかもしれない。でも――今は違う。

「……リベルト様って、思ったより積極的なんですね。驚きです」

「俺は好きなものには全力を尽くす。知っているだろう？」

にっと口角を上げて笑うリベルトからは、いつもよりずっと色気を感じる。

（こ、このままだと雰囲気にのまれて頭がどうにかなっちゃいそう……！）

距離が近いリベルトから、次はなにをされるのか。なにを言われるのか。

そんなことを考えると心臓がバクバクして、頭はパンクしそうだった。

「仕事、仕事をしてください！　書類が残っていますよ」

「書類を捌くのは特に好きではない。俺が好きなのは資料まとめだ」

くつくつと笑いながら、フィリスの限界を察したのかリベルトがようやく離れてくれる。壁ドンから解放されて、フィリスはほっと胸を撫で下ろした。

「あ……そういえば、フィリスに聞きたいことがあったんだ」

いつも作業をしている席に座ると、リベルトは慣れた手つきでペンと書類を捌いていく。その過程で、なにかを思い出したようにそう言った。

「なんですか？　……はい。どうぞ」

フィリスは仕事のお供に用意した紅茶をカップに注ぎ、リベルトのもとに運ぶ。

「昨日、ジェーノが言っていた。フィリスは〝傷つけられたばかり〟だと。あれは、どういう意味なんだ？」

リベルトはペンを置き、湯気の立つ紅茶に手をつけずにフィリスを見上げた。

「言いたくないなら言わなくていい。ただ、俺が気になってしまっただけなんだ」

「いえ。全然構いませんよ。あれは婚約破棄のことを言っていたんだと思います」

「……婚約破棄？」

怪訝に眉をひそめるリベルトの瞳には、微かな疑念が含まれている。

「私、ここに来る直前にずっと婚約していた相手に振られたんです。お兄様はああ言ってくれたけど、実際はまったく傷ついていませんよ。前から好かれていないのはわかってましたから」

「……フィリス、恋人がいたのか？」

「恋人ではなく、親が決めた婚約者です。もちろん互いに恋愛感情はナシです」

「そうか。……それならよかった。だがその男は見る目がないな。君と一緒にいて、好きにならないなんて信じられない」

恋人でなかったと知って安心したのか、やっとリベルトが紅茶に手をつける。

フィリスはリベルトのストレートな言葉に、またどきりと胸が高鳴るのを感じてしまった。カップから立つ湯気が、まさに自らの心情を表しているように見える。

「むしろ嫌われていましたよ？　褒められたことも、触れられたこともありません」

褒められるのが照れくさいため、自虐をしてクールダウンを図ってしまう。

「ならば俺がたくさん褒めて、たくさん触れよう。そうすれば、俺が君の初めての男になれるか？」

熱が冷める前に、リベルトがまた焚きつける。なにを言っても紅茶に落とした角砂糖のように甘くなる空気に、フィリスはまだ慣れることができない。

「リベルト様は……過去に恋人はいなかったのですか？」

フィリスは質問に答えずに、今度はリベルトの過去に話題を移した。

「いない。必要としたことがない。恋愛など、生きるうえで意味がないと思っていた。……でも、今はそうは思わない。朝起きて君の顔を見るだけで、幸せな気持ちになれる」

こんな気持ちにさせてくれるなら、恋愛には意味がある――そう言って、リベルトは笑った。自分以外には見せない優しい笑みは、まるで『君は特別だ』と教えてくれているようだ。

彼の紫の瞳に吸い込まれそうになり、慌てて目を逸らす。その先にちょうど置いてあった時計を見て、フィリスははっとした。

「いけない。今日はアルバ団長と定期面談があるんだった」

面談まで、あと十分ほど。そろそろ移動したほうがいいだろう。団長のアルバを待たせるわけにはいかない。

「仕事中にすみませんが、ちょっと行ってきますね」

「構わない。転ばないようにな」

「もう。子供じゃないんですから」

怒るフィリスを見ても、リベルトは楽しそうだ。愛しくてたまらないと表情に書いてある。

部屋を出ると、うるさく脈打つ心臓がやっと落ちつき始め、面談場所の客室に着く頃にはすっかり平常心を取り戻す。

三分ほど遅刻してアルバが到着し、ふたりはまた向かい合って面談という名の雑談を開始した。

「いや～。改めて、フィリスくんを世話係にしてよかったよ。あいつ、かなり変わったって評判だ。以前のような近寄りづらさも、奇怪な行動も減ってきた。デーヴィッドとも仲直りして、騎士団との関係も修復できたよ」

「よかったです。人望を集めるのも時間の問題かもしれませんね」

「ああ。絶望的だった次期団長の座にも希望が見えてきた。……が、そうなるには、もうひとつ重要なミッションをクリアしなくてはならないんだよ」

「ミッション？」

「ずばり、結婚だ。各団体、団長になる者は、既婚が条件とされている」

こうなったのには理由があるとアルバが教えてくれた。

なんでも過去に色ボケをした団長がおり、そのせいで騎士たちの士気が下がって組織が崩壊寸前、大変な目に遭ったらしい。

団長たるもの守る者を持ち、責任感を背負うこと。

十年前からこのように、規則が改変されてしまったようだ。

「私たちがいる魔法騎士団も含め、こういった組織に入団したほとんどのやつらは、幼い頃から稽古や勉強に明け暮れていた。異性や恋愛なんかには無縁だったやつが一度その蜜の味を知ると、やめられなくなったりする。過去に色ボケした団長は、まさに真面目を絵に描いたような人だったたよ。ま、リベルトに限ってそれはないだろうがな！　あっはっは！」

「……そ、そうですね。はは」

アルバの軽快な笑いに、フィリスは苦笑するしかなかった。

リベルトは色ボケをするような質ではない。彼は恋を覚えても、同じくらい仕事も大事にしているからだ。それでも、その蜜の味をリベルトが覚えたと知ったら、アルバはさぞかし驚くだろう。

「で、そろそろリベルトに婚約者くらいはつくってほしいと私は思ってるんだが……浮いた話を聞いたりはしていないか？」

（……告白されたなんて、言うべきではないわよね）

探りを入れてくるアルバに、フィリスは悩んだ結果――。

「うーん……どうでしょう……リベルト様は仕事を頑張っておられるので……」

なんとも曖昧な返事で場を切り抜けることにした。

「だよなぁ。あいつと結婚したい令嬢なんて、たくさんいると思うんだがなぁ。中身はアレでもなんせ顔がとびきりいい。それにあの若さで副団長だ」

「これまでアプローチされたりはしていたんですよね？」

「もちろん。出先では必ず声をかけられていた。ここのメイドたちだって、何人もリベルトに玉砕してきたらしいぞ。しかしあいつは女性に興味がないんだ」

モテるのに声をかけてきた女性をばっさり斬り捨ててしまうと、アルバは嘆く。

「でも……近いうち大チャンスがある。一週間後、王宮で魔法騎士、騎士、魔法士の三部隊が集まる、前年度の慰安会が開かれる。そこには例年、上流階級の令嬢たちも参加するんだ。社交界で噂のとびきり美人の令嬢も数人来ると、すでに噂になっている」

慰安会は貴族社会のひとつの出会いの場となっているらしい。アルバも妻とはこの慰安会で出会ったと、どや顔で教えてくれた。

「リベルト様はそういった催しに興味がなさそうに思えますが、参加されるのですか？」

「あいつの場合、ほぼ強制参加だ。なんせこの慰安会は王家が主催しているからな。副団長という役職がありつつ不参加なんてのは、立場上許されない。半ば公務のようなものだ」

副団長になる前は一度も参加していなかったと、アルバが教えてくれた。

「フィリスくん。よければその慰安会でリベルトにいい女性が見つかるよう、サポートしてやってくれないか？」

「えっ……私が、ですか？」

「あいつは去年も最低限の挨拶だけして、さっさと帰っちまったんだよ。ああいった場が好きではないと言って。せめて慰安会が終わるまで、会場に留まらせてくれるだけでもいい。そうすれば、勝手に美女がリベルトに目をつけてくれる」

リベルトにいい相手を見つけられたら、フィリスに特別ボーナスを支払うと、アルバは意気揚々と語った。

「ついでに君も、いい相手を見つけるチャンスかもしれないぞ。慰安会は、関係者なら誰でもプライベートで参加できる。仕事じゃないから、好きにしてくれていい」

なんの悪気もなさそうにアルバは言うが、なにげないひとことは、フィリスの心に暗い影を落とした。

（アルバ団長から見ると、私とリベルト様っていう組み合わせは一瞬でも頭をかすめないものなんだわ。……ううん。きっと、誰が見てもそうよね）

フィリスはリベルトの世話係で、それ以上でも以下でもない。

そもそも、自分自身でも釣り合っているとは到底思えない。没落寸前だった田舎暮らしの令嬢と、由緒ある伯爵家出身の魔法騎士団最強エリート。仕事以外で並んで歩けば、レベルの違いに違和感しか生まれないだろう。

（慰安会には、もっと地位も高くて綺麗な令嬢がたくさん来る。そうしたらきっと、

リベルト様の目も覚めるに決まってるわ）

なにより彼の未来を考えれば、きちんとした家の令嬢と結ばれるほうがいいに決まっている。伯爵家の子息に婚約破棄された過去のある使用人を選んだなんて世間に知られたら、リベルトの格を落としかねない。

「わかりました。頑張ってみます」

いろんな想いを噛み砕いて喉の奥に押し込んで、フィリスはアルバの頼みを承諾することにした。

「おお、頼もしいぞフィリスくん！　あいつは君の言うことは素直に聞いてくれる。慰安会が楽しみになったよ！」

上機嫌なアルバとは反対に、フィリスの胸はもやもやが止まらない。

それでも、フィリスはなんともないと自分に言い聞かせる。

（リベルト様を好きになる前に、この話を聞いてよかった）

フィリスは思った。この調子でいくと、リベルトを好きになってしまうだろうし、もし彼に振られるようなことがあれば、今度こそ本当に傷ついてしまう。

フィリスはリベルトへの気持ちに蓋をして、うわべだけの笑顔でその場を繕った。

＊＊＊

魔物による辺境地襲撃の一件で自分の気持ちに気づいたリベルトは、人生で初めて仕事以外の楽しみを見つけられた。それは当然、想い人のフィリスと一緒にいることだ。

毎朝最初に顔を見るのも、部屋で互いに別の作業をしながら時間を過ごすのも、仕事に集中しすぎて注意されるのも、疲れたらその体に触れさせてもらうのも、日常の一部にすぎなかった。

だがフィリスへの興味が、ひとりの男として抱いた異性への恋愛感情だと気づいてからは、その日常があまりにも贅沢《ぜいたく》に思える。

リベルトが生きているのは仕事のためだった。しかし、今はもうひとつ。フィリスの笑顔を見るため、というのも追加されている。

いろんな彼女の表情を見てきた。どれもに少なからず心を動かされてきたが、やはり笑顔に勝るものはない。

フィリスが笑ってくれるだけで、周囲の景色は鮮やかに色づく。ずっと冬の朝みたいに冷えていた心に、一筋の光が差し込むように温かさがじわりと胸の奥まで染み渡った。

（フィリスが好きだ。フィリスにも俺を好きになってもらいたい）

この数日間、リベルトはずっとそう考えていた。好意を伝えたものの、フィリスから明確な答えはもらっていない。リベルトも答えを求めなかった。すぐに出せるものではないとわかっていたからだ。

急ぐ必要はない。時間はたっぷりあって、フィリスにも現在恋人や想い人がいるわけでもない。ならばフィリスの気持ちを自らに向けるよう、努力すればいいだけでもない。

強い魔物や、新種の魔物と戦うとき、リベルトはいつも攻略法を考え続けてきた。今回も冷静に分析を重ね、着実にフィリスを落とす――なんて、恋愛もエリートらしく難なく攻略できればどれだけよかっただろう。

（フィリスを前にすると、俺はただの男になってしまう。感情が前に出て、理性なんてそっちのけだ）

かわいい。触れたい。溢れんばかりの想いを伝えたい。

ふたりきりになるとそればかりに支配されるが、リベルトは決して悪いことではないと捉えていた。興味を持ったものに対してのめり込むのは自分の性質だ。フィリスがありのままを褒めてくれたのだから、ありのままの自分でぶつかろう。

——そう決めて、一週間を過ごした。

しかし、ここ最近はフィリスの様子がどこかおかしい気がする。

以前より距離を取りたがり、ふたりきりになるのを避けるのだ。リベルトが好きだと言っても「またまたぁ……」と目を逸らしてはぐらかされる。

(俺の気持ちは、フィリスにとって迷惑なのだろうか)

フィリスの心が読めず不安が芽生え始めたなかで、毎年恒例の慰安会の日を迎えた。

魔法騎士団、騎士団、魔法士団の日頃の成果を称え、王家が主催してくれる大規模な夜会である。次の日も緊急事態が発生しない限りは全員が休みとなっており、団員たちにとっては朝まで騒げる貴重な機会だ。

とはいっても、戦力になる者が誰もいなくなっては困るため、そのあたりは裏でうまいこと調整されていると聞いた。

リベルトは副団長に就任してからは、顔だけ出してすぐさま部屋に帰っていたが、今年は違う。

態度がよそよそしいくせに、フィリスが慰安会にだけ乗り気だったのだ。慰安会は、関係者は誰でも無条件で参加できる。当日の今朝、フィリスはリベルトに言った。

『初めてでよくわからないので、リベルト様さえよければ最初は一緒にいてくれますか?』

その言葉にリベルトは二つ返事でオーケーした。最初だけなんて遠慮せず、ずっと一緒にいると言うと、フィリスは『リベルト様にも付き合いがあるでしょうし……』と苦笑していた。謙虚な姿にますます愛おしさが増したのは言うまでもない。

（もしやフィリスの様子がおかしかったのは、慰安会が関係しているのだろうか）

着々と開始時間が迫る慰安会の準備をしながら、リベルトはそんなことを考える。

自分の好意が迷惑ならば、一緒にいようなんて誘ってこない……はず。今朝の誘いのおかげで、ほんのわずかだがリベルトの不安は払拭された。

会場の王宮大広間は、同じ敷地内にあるためそれほど遠くはない。だが、徒歩で行くには少々時間がかかる。特に高いヒールや裾の長いドレスを着た女性には厳しい道のりだ。

それらを考慮して、毎年会に参加する王宮勤めの女性たちはそれぞれの配属先が手配した馬車に乗って王宮まで移動してくる。

リベルトは体力づくりもかねて歩いて王宮に向かったため、少しばかり早く着いてしまった。

（いつも同じ服を着ていたが、柄にもなく新調してしまった）

フィリスを乗せる馬車を待つリベルトは、これまた柄にもなくそわそわとしている。

この慰安会は、リベルトにとって初めてフィリスと仕事以外の時間を思う存分過ごせるものだ。そうなると面倒なだけだった慰安会も話が変わってくる。

一週間の間に入った外回りの仕事中、ナタリアのお下がりを着ようとしていたフィリスのために町にドレスを買いに行き、ついでに自分のも買ってしまった。

『寒色系が似合うと思います！　こちらならその艶やかな黒髪も映えて素敵ですよ』

と、仕立て屋に言われるがまま選んだ濃紺の衣装は、銀糸で複雑な刺繍が施され、シンプルなデザインながらも品位を感じ、リベルトも気に入っている。

去年まで制服となんら変わり映えのない黒い上下のジャケットとパンツで参加していたリベルトからすると、今日は特段気合が入っている。しかし、慰安会初参加のフィリスがそんな裏事情を知る由もなかった。

「ねえ見て。あれ、魔法騎士団のリベルト様じゃない？」

「本当だわ。素敵～……。話しかけてもいいかしら？」

「誰か待ってるようだし、今はやめておきなさいよ」

来賓の令嬢たちがこそこそ話す声はリベルトの耳にも届いているが、想い人を待つ彼には雑音のように無意味なものでしかない。

車輪の音が聞こえ、リベルトは背筋を伸ばす。魔法騎士団のメイドたちを乗せた馬車が到着したようだ。

普段は制服しか着ないメイドたちが、今日は目いっぱい着飾っている。服装も髪型も違うため、誰が誰だかわからない。そんな集団のいちばん最後に、フィリスは馬車から降りてきた。

「……リベルト様、お待たせしました」

俯きがちに、フィリスがリベルトの前で立ち止まる。

「あの、素晴らしいドレスをありがとうございます。びっくりしました。まさかリベルト様が用意してくださるなんて……」

フィリスのことだから、買ってあげると言っても絶対に断られるとわかっていた。フィリスは人の世話を焼くのには全力だが、自分がなにか施されるのには消極的で、遠慮する傾向がある。彼女が給料のほとんどを実家に仕送りしているのも、アルバから聞いていた。

そのためリベルトは、当日までフィリス用にドレスを買った事実を伏せていた。変に気遣いに対する罪悪感を抱かれたくなかったから。

「変じゃないですか？」

不安げにフィリスがリベルトを上目遣いに見つめる。

リベルトが着ている濃紺に、夕焼けの赤を混ぜたような紫色のシルクドレスは、フィリスがわずかに動くたびに星々が瞬くような光をキラキラと放っている。胸もとから肩にかけて透明感のある薄いオーガンジーが広がり、優美で上品な印象だ。

髪の毛は緩く巻かれ、ハーフアップに。全体的に品があり、リベルトはフィリスが貴族令嬢だということを改めて思い知った。

「想像以上だ」

「はい？」

「かわいすぎて誰にも見せたくない」

独占欲をかき立てられるフィリスのその姿を、リベルトは必死に目に焼きつける。

フィリスは大きな目をいっそう丸くさせて、ピンクの口紅が塗られた唇よりも頬を色濃く紅潮させた。

「……私より素敵な人は、きっとこの会場にたくさんいますよ」

しかし、すぐに視線を斜め下に落としてしまう。

その言葉が照れ隠しなのか、控えめな性格から出たものなのか、リベルトは正確に判断できなかった。それでも、リベルトの中で彼女より素敵な人など存在しないということだけは、明確に答えが出ていた。

会場に入ると、すでにたくさんの人で溢れ返っている。

同僚たちが一時《ひととき》の息抜きを存分に楽しんでいる様子を横目に、リベルトとフィリスはとりあえず飲み物を取りに行こうと群衆をかき分けていく。

「す、すごいですね。こんなにたくさん人が集まる社交場があるなんて……小さなお茶会くらいしか経験がないので、別世界にトリップしたような気分です」

「魔法騎士はともかく、騎士団と魔法士団にはそれなりの人数がいるからな。加えて招待された貴族も参加するとなれば、毎年五百人近くは集まる」

気をつけないとあっという間に離れ離れになりそうな人の群れに、リベルトはフィリスの手を握ろうと手を伸ばそうとする。

「リベルト様！」

そのとき、ちょうど三人組の令嬢に話しかけられた。どの女性も派手に着飾っており、あらゆる香水が混ざり合ったにおいがして鼻が混乱している。

「お会いできて嬉しいです」

「最近も相変わらずのご活躍とお聞きしましたわ」

「よければゆっくりお話しいたしませんか？」

見覚えのない女性に誘われたところで、リベルトが乗るはずもない。

（ああ、これだから慰安会は嫌なんだ。毎年毎年、どこぞの貴族令嬢たちが狩りをするような目をして話しかけてくる）

魔法騎士団の副団長という立場になってからは、その肩書に目がくらんだ令嬢たちがこの慰安会を機に自らに近づこうとしてくる。その目はまるで、獲物を見つけた魔物そのものだ。

「すまない。どいてくれないか」

「ええ。そんなつれないことをおっしゃらずに。私たち、リベルト様と仲よくなりたいのです」

ここでどかないということは、彼女らもそれなりに自分の地位や美貌に自信があるのだろう。

いつもなら「話す時間はない」と言ってこの場を切り抜けていたが、せっかくなので、以前教わった女性のあしらい方を実行してみることにした。

「気になる人がいる。その人に時間を使いたいんだ。君たちの気持ちには応えられない」

予想だにしない返答だったのか、令嬢たちは言葉を失い、全員揃って目を見開いた後、互いの顔を見合わせる。

「申し訳ないが、そういうことだ。……行こう。フィリス」

彼女らが返す言葉を見つけられていない間に、リベルトは今度こそフィリスの手を引いて歩きだす。しばらくして「お、お待ちください！」という声が聞こえたが、聞こえないふりをして歩き続けた。

「フィリスとのコミュニケーショントレーニングが役立った」

黙ったままのフィリスのほうに顔を向け、リベルトは口の端を上げた。

「うまくできていたか？」

フィリスはなにも答えないで、神妙な面持ちを浮かべている。

「……フィリス？　どうかしたか？」

コミュニケーショントレーニングは忘れてくれ、と言われたばかりなのに、実践したのを怒っているのだろうか。

「……いえ。純粋に、もったいないと思ったんです」

「もったいない？」

「さっきの方、皆さんとてもお綺麗でしたよね。お話ししたほうがよかったのではないですか？」

フィリスはそっと、握られていた手を離す。リベルトは手のひらから伝わっていた体温が儚く消えていくのを感じた。

「私が一緒にいてと言ったのを気遣ってくれているなら、大丈夫ですよ。ほら、あちらにいる方もずっとリベルト様を気にかけています。同性の私から見ても、ものすごく美しい女性ではないですか」

「フィリス、君はなにを」

「ここにいる女性は、私よりもリベルト様にお似合いの方ばかりですね。この慰安会を機に、いろんな女性を見られたほうがよいのでは？　必ずいい出会いがあるかと——」

「フィリス、黙ってくれ。聞きたくない」

わけのわからない言葉をひたすら並べるフィリスを、リベルトは声をかぶせて無理やりに制止した。

会場には音楽が流れ始め、知らぬ間にダンスタイムが始まっている。さらなる盛り上がりを見せる会場の一角で、ここだけ不穏な空気が漂っていた。

「俺がほかの女性とお似合いだとか、君にだけはそんなこと言われたくない」

あのまま続けられていたら、その口を塞いでいたかもしれない。

「フィリス、俺は君が好きだと言っている」

ほかの女性など興味もなければ眼中にもない。

好きな人から別の女性を薦められては、この気持ちをどうすればよいのか。どんな意図であれ、フィリスの言葉に少しでも傷ついていないといえば嘘になる。

(それでもフィリスにつけられた傷ならば耐えられる。許してしまう。好きという感情はこれほどまでに己を盲目的にさせるのか)

我ながら情けない。今だって、リベルトは不安でたまらなかった。

「俺の気持ちが、君にとって迷惑なのだろうか」

「……そういう、わけでは」

「たとえ迷惑だと言われたところで止められないんだ。俺はフィリス以外の女性を見る気はない。君に俺が似合わないと言うなら、似合う男になるよう努力する」

「違います。そうじゃないんです。問題があるのは私で、リベルト様が私に対して努力する必要なんて、どこにもないんです」

焦った様子で、フィリスがリベルトの言い分を否定した。困ったように頭を左右にかしげる彼女自身もまた、不安げな面持ちをしている。

(フィリスが俺の気持ちを本気で迷惑だと思っているなら、はっきりと断ってくるはずだ)

人の気持ちを宙ぶらりんにしたまま泳がせるようなことを、フィリスが好んでするとは思えない。

フィリスが告白の返事を出さないのは、可能性がまだ残っているということ……だと思う。

この読みが外れていないならば、どういった意図で自分に非があるように言うのかがわからない。リベルトからしてみると、フィリスに問題などひとつもないのに、彼女はそれをあると言う。それならその問題を提示してくれさえすれば、一緒に解決に導いてあげられるのに。

「あ、いたいた！　フィリス！」

黙って向き合ったままのふたりの耳に、元気な声が飛び込んでくる。

優雅な音楽が響く大広間全体にも、不穏なムードをまとうこの一角にも、どちらにも似合わない弾んだ声。その主はナタリアだった。

彼女もまた、普段三つ編みにしかしていない髪をアップヘアーにまとめ、緑色の大人っぽいマーメイドドレスを身にまとっている。

（そういえば、フィリスと同じ馬車から降りてきたうちのひとりにこんな格好をした女性がいたな。……彼女だったのか）

ばっちりと化粧をしているせいか気づかなかった。まじまじと見ると面影が残っている。そのとき、リベルトはどれだけ自分がフィリスにしか注目していなかったのかを再認識した。

「リベルト副団長もお疲れさまです。……ねぇ、フィリス。今って時間あるかしら？」

「……リベルト様、ナタリアさんとお話ししてきてもよいですか？」

その問いかけをしてくるということは、フィリスは自分よりナタリアといたいのだろうとリベルトは悟った。せっかく楽しみにしていた慰安会なのに、心地のいい空気をつくってあげられなかったことを猛省し、リベルトは下唇を噛んで静かに頷く。

（ひとまず、俺も冷静になろう。その代わり……）

少し時間を置いて、不安と焦りをわずかでも落ち着かせられたその後は。

「後でまた、ふたりの時間をもらえるか？」

今日のフィリスは仕事関係なしにここにいるため、リベルトの世話係ではない。申し出を断ることも選択肢としてはある。

「……はい。わかりました」

それでも聞き入れてくれたことに、おもわず安堵の笑みが浮かんだ。

フィリスはナタリアと肩を並べて人混みの渦へ巻き込まれていく。それでもリベルトは、フィリスを見失うことなく目で追い続けた。これだけの人がいる中でも、フィリスだけは輝いて見える。まるでそういったフィルターがかかっているかのようだ。

(……俺の一方通行なのかもしれない)

遠のく背中を見ていると、心の距離までも離れていく気がした。珍しく感傷的になりつつあると、ふとフィリスがこちらを向いた。

あらゆる人たちを間に挟んで、フィリスと目が合った瞬間、まるで時が止まったように呼吸を忘れてしまった。

(まずい。好きすぎる。目なんて何度も合わせているのに、胸の奥がどうしようもなく熱い)

熱が広がり、心の高鳴りへ変わっていく。いつまでもこの一瞬の中に閉じこもっていたい。

「リベルト様〜〜〜っ!」

そう思っていると、リベルトは急に四方八方からどんっと衝撃を感じた。

フィリスが離れていったタイミングで、虎視眈々《こしたんたん》とリベルトと接触する機会を狙っていた令嬢たちが一気に押し寄せてきたのだ。おかげでフィリスの姿を見失ってしまった。

「お、おい……離れてくれ……」

次から次へと、魔物の大群のように集まってくる。剣を持っていたら、いつもの癖でおもわず抜いていたかもしれない。

「失礼。皆さん落ち着いてください。緊急で仕事の話がしたいので、リベルトをお借りしてよろしいですか？」

どう切り抜けようか思考を巡らせていると、エルマーが助け船を出しにきてくれた。令嬢たちの群れを力業でかき分け、笑顔と丁寧語で威圧する。

「エルマー様がそうおっしゃるなら……ねぇ？」

「そうですね。また後にしましょう」

立場あるエルマーに言われてしまえば、令嬢たちも聞き入れるしかない。それに、エルマーもまた女性人気の高い人物だ。好感度を落としたくはないだろう。やや不満そうな表情を浮かべつつも、その場は引き下がってくれた。

「……エルマー。助かった」

「いつもならあそこまで集まる前に〝邪魔〟のひとことで一蹴していたではありませ

んか。どうしたのですか」
「完全にフィリスに気を取られて油断していた」
エルマーはふたつ持っていたグラスのうちのひとつをリベルトに渡し、リベルトも
それを受け取ると同時に返事をした。リベルトは酒をほとんど飲まない。それを知っ
ているからか、中身はただのフルーツジュースだった。
「そんなことと思いました。少し前からあなたたちを観察していたのですが、どうも
ぎくしゃくしていましたからね。フィリスさんがその場にいなくなったら、捨てられ
た子犬のような顔をして。まったく見ていられませんでしたよ」
「だから助けに来てくれたのか？」
ジュースの入ったグラスをふたつ持ってきている時点で、偶然通りかかったなんて
言い訳は通用しない。エルマーもそれをわかっているため、ふんと鼻を鳴らしてリベ
ルトの隣に立った。否定しないのが彼なりの返事のようだ。
昇格のタイミングが同じだったからか、エルマーとリベルトは戦友みたいな関係だ。
そのぶん誰よりもリベルトに振り回された立場だが、こうやって気にかけてくれると
ころを見ると、なんだかんだ彼も世話焼きな部分があるのだろう。
「それで、なぜフィリスさんと微妙な空気になっているんです？　あんなに仲睦まじ

かったというのに」

「……俺が気持ちを伝えたことで、フィリスを困らせているのかもしれない」

「気持ちを伝えた？　告白でもしたんですか？」

からかうような口ぶりでエルマーが聞くと、リベルトは大真面目な顔をして答える。

「ああ。魔物の辺境地襲撃の件で気持ちに気づき、その場で好きだと伝えた」

「……リベルトがですか？」

「俺以外に誰がいる」

エルマーは見てはいけないものを見たような、ぞっとした表情を見せて目を思いきり見開く。

「あ、あなたにも恋愛感情があるんですね。驚きです。そんな普通の人間みたいな感情を持ち合わせているとは……」

「俺だって一生ないと思っていた。でも……フィリスみたいな素敵な人が現れるなんて、思ってなかったんだ」

長いまつ毛を伏せ、切なげに呟くリベルトを見て、エルマーは本気を感じ取ったのか、さらに白目の部分を大きくしてぎょっとしている。

「もうそんなに焦がれているとは知りませんでした。てっきり、好きを多少自覚した程度かと……で、フィリスさんからはなんと答えを？」

恋の話なんて一ミリも興味がなさそうなエルマーが、案外前のめりに問いただしてくることにリベルトは意外性を感じた。

「答えはもらっていない。俺もすぐに求めているわけではないんだ。……ただ」

――最近態度がよそよそしくなったと思ったら、あろうことかほかの令嬢を薦められた。

ふたりをぎくしゃくさせた原因をありのまま伝えると、リベルトはやるせないため息をつく。

「でも、慰安会は一緒に参加してほしいと言ったのはフィリスだ。……正直、俺もよくわからない」

いくらひとりで考えたところで、他人の感情の正解を知ることはできない。物事を追及し、自分なりのベストを探る。魔物の生態を理解し、弱点を把握する……そういった資料まとめを繰り返してきたリベルトにとって、人間の感情はややこしく、もどかしい。

「なにを言ってるんです。そんなの、答えはただひとつですよ」

「!?　エルマー、わかるのか……？」

「はい。簡単です」

（さすが指揮官。冷静に状況を判断する能力に長けている）

答えを教えてくれといわんばかりに、リベルトは期待を込めた眼差しをエルマーに送る。

「フィリスさんは駆け引きをしているんですよ。恋愛っていうのは、駆け引きが重要と言われています」

「駆け引き？」

興味の湧いたものには一途に、一直線に突き進むリベルトからすれば、恋の駆け引きのように相手の出方をうかがうなど、遥《はる》か遠い場所にあるものといえる。

「ほかの女性を薦めたのはわざとですよ。わざとふっかけて、相手の気持ちを確認しようとしているんです。どれだけ自分を愛しているかを試しているんですよ。女性っていう生き物は、そういう面倒くさい行動を好むんです」

我々には理解できませんが、と付け加え、呆れた顔でエルマーはやれやれと肩をすくめた。

「なるほど。では俺は、俺にはフィリスしかいないと証明すればいいんだな？　この一週間で伝えられたと思っていたんだが、足りなかったなら俺が悪い」

「リベルト……あなたって、思ったより肉食系なんですね」

「俺は団長みたいに肉を好んで食べないが」

「そういう意味ではありません。好きな人には積極的なんですね、と言いたかったのです」

フィリスにも最近、同じことを言われたのを思い出す。

「押してダメなら引いてみる、もいいかもしれませんよ」

「引くというのは？」

「相手にあんまり好意を見せないようにするんです。好き好きといつも言ってきていた相手が急に冷たくなると、あれ？って思うでしょう」

エルマーが恋愛指南書かなにかに思えてきた。なぜここまで詳しいか気になるが、今はそっちに気を取られている場合ではない。

「馬鹿げた作戦だ。フィリスに冷たくなんてできない」

「本気でやれとは言っていません。あくまで相手の気持ちを動かすためにする〝フリ〟です。……そもそもリベルト、初めの頃はフィリスさんにあんなにそっけなかったじゃないですか」

「……比べるものではない。あの頃の俺は今とは違う」

仕事以外にはなにひとつ興味がなかった。食も、睡眠も、休息も、人と接することもすべて。

フィリスにだって興味がなかった。目を向けようともしなかった。でも、フィリスはリベルトが自分のほうを向くまで、言葉を聞いてくれるまで諦めなかった。

「でも、実際にそっけない態度をとって困らせたのは事実でしょう。それなのに好きになったとたん、相手に求めるものが多すぎるのではないですか？　過去の自分をなかったことにするのは、むしがよすぎるでしょう」

わざと冷たくしたわけではない。リベルトにとって、当時は誰かと会話するにはあの態度が普通だった。

「それは……そうだと思う。だが、あの頃優しくできなかったぶんまで、これからは優しくしてあげたいんだ。身勝手なエゴだとわかっている。だから妙な駆け引きで冷たくするなんてことは演技でもしたくない」

「そうですか。では目いっぱい優しくしてあげてください。そして、自分の好きを押しつけすぎずに、ゆっくり彼女の答えを待ってあげるんです。向こうから多少面倒な駆け引きをされるのは、過去の戒めと思って耐えるしかないですね」

はなからエルマーに優しい言葉をもらえるなんて思っていなかったが、想像よりもずっと手厳しい。しかし、変に慰められるよりも全然よかった。

「……ん？　リベルト、あれを見てください」

なにかを見つけたように、エルマーが会場の真ん中あたりを指さす。

そこにはフィリスと――金髪の知らない男が向かい合っていた。

（ナタリアと一緒だったんじゃないのか？　というか、あの男は誰なんだ）

魔法騎士団の人間ではない。そうなると騎士団、魔法士団――それか、来賓の貴族令息か。とにかく、知らない男とフィリスが会話をしている。

その光景を見ていると、冷たい手が心臓を掴んで締めつけるような苦痛が襲った。

目に見えぬ黒い感情が、心を渦巻き支配していく。リベルトの目の奥に、暗い影が差し込んだ。

「……気分が悪い。心の奥のなにかが、じわじわと壊れていくようだ」

言いようのない不安と焦り、そして怒り。負の感情だけが、思考までも巻き込んでリベルトを追い込んでいく。

「……はぁ。リベルト。その感情は世間でなんというか知っていますか？　嫉妬、というのですよ」

「嫉妬……」

「はい。あなたはいつもされる側なので、する側になるのは初めてかもしれませんね。フィリスさんの興味や関心が別の男性へ向けられていることに、あなたは焦り、不安を感じているのです」

フィリスと出会って、また新しい感情を知ってしまった。

しかし、これはネガティブな感情だ。できることなら、あまり味わいたくない苦しみでもある。

（……もしかして、ジェーノがフィリスを抱きしめていたときにも、俺は嫉妬していたのかもしれない）

あのときは、考えるよりも先に体が動いた。そして、ジェーノからフィリスを離すことで心が自然と落ち着いたのだ。

（そうか。だったら今回もそうすればいい）

解決方法を知っているなら怖くない。たとえ相手が誰であろうと、このまま黙って醜い嫉妬心を育てるつもりなど毛頭なかった。

「エルマー。いろいろと助かった。ただ、これだけは言っておく」

流れるような仕草で、口をつけていないグラスをエルマーに渡すと、リベルトは歩きだす。

「やはり俺は、嫉妬する側になるのは性に合わない」

＊　＊　＊

「ありがとうございますナタリアさん。リベルト様と一緒にいると気まずかったので助かりました」

リベルトと離れて、フィリスは連れ出してくれたナタリアに礼を言う。

「え？　そうだったの？　そんなふうには見えなかったけど」

事情をなにも知らないナタリアは目を見張る。

「喧嘩《けんか》でもした？」

「いえ。そういうわけでは……」

気まずくさせたのは、すべて自分に責任があるとフィリスはわかっていた。

(リベルト様はドレスまで用意してくれて、私との慰安会を楽しみにしてくれていた……んだと思う。それなのに、傷つけてしまった)

ほかの女性を見たほうがいいと言ったときの、リベルトの表情が忘れられない。言葉をのみ込むように硬く結ばれた唇は震え、直前まで輝いていた瞳は大きく揺れた後、空虚で光を失っていた。

（結局、逃げ出すようにナタリアさんについてきて……全部が中途半端だわ。こんなら、アルバ団長の頼みを聞くんじゃなかった）

あのときは、できると思っていた。

リベルトの気持ちも一時的なもので、きらびやかな場所で美しい令嬢を見れば、リベルトの目が覚めると考えていた。

（……いいえ。本当はわかってた。リベルト様はそんな人ではないって）

それなのに信じきれなかった。あらゆる言い訳を探して、リベルトを好きにならないで済む道を探っていたのは自分だ。

（私、怖かったんだ。リベルト様に捨てられるのを考えると。きっと……ラウル様のときみたいに平気ではいられない）

フィリスはリベルトに惹かれていた。ひとりの人間としてだけでなく、男性として。

本当は告白される前から惹かれていたんだと思う。初めて膝枕をして、髪に触れられたあのときから、胸を打つ鼓動が情熱的なものに変わっていた。

そして過去を打ち明けてくれて、好きだと伝えてくれたあのとき。頬にキスをされても、フィリスはちっとも嫌だと思わなかった。

衝撃的すぎてなにも考えられないくらい、意識がどこかに飛んでしまったけれど……嬉しかったのは事実だ。今思えば、あの時点で答えは出ていたのかもしれない。

「私こそ、急にフィリスを略奪して後でリベルト副団長に怒られないかしら」

「大丈夫です。ちゃんと許可もいただきましたし」

「そうよね。副団長なら、令嬢たちが放っておかないでしょう。……ところでフィリス、あなたと副団長って、付き合ってるわけじゃないわよね？」

ナタリアの眼光が鋭くなり、念を押してくる。

「……はい。付き合っていません」

告白されたなんて、この状況で言えない。というか、そんな軽率に言いふらしていいものではないだろう。

「そう！　それならよかった。ほら、リベルト副団長って、フィリスをかなり気に入ってたじゃない？　あれがガチなのかそうでないのか、見極めが難しかったのよねぇ。でも違うなら安心したわ！」

ナタリアはフィリスのほうを振り向くと、頬にえくぼを浮かべてにこにこと微笑んでいる。

「これで今日は、一緒に未来の旦那様探しができるわねっ」

「……えっ？」

どうやらナタリアは、今年の慰安会でいい人を見つける気満々のようだ。

「今年は特に上玉が揃っているって噂よ。普段接点のない騎士団や魔法士団にも、将来有望な人はたくさんいるわ！　今のうちに仲よくなっておきましょう」

「わ、私はべつに、そういうのは……」

「なに遠慮してるのよフィリス。うかうかしてるとライバルたちに持っていかれるわ。せっかくの機会なんだから、一緒に婚活しましょう！　それにね、さっきひとりの金髪イケメンに頼まれたのよ。フィリスと話したいって」

（……金髪？）

珍しくもない髪色なのに、金髪と聞くだけで身構えてしまうのは、最低最悪のかつての婚約者がその髪色だったせいだろうか。

（いいや。まさかね）

ざっと見るだけでも金髪の男性などたくさんいる。大体ラウルだったとしたら、フィリスを呼び出す理由がない。

「結構いい人そうだったわ。話して損はないと思うの」

「まさか、そのために私を捜しに来てくれたんですか？」

「そうよ。だって私、フィリスが心配だったのよ。このままだとリベルト様のお世話だけして終わっちゃいそうだって」

せっかく就職が難しい魔法騎士団の使用人になれたのだから、その特権は遠慮なく使っていかないと！とナタリアは言う。

「この慰安会を逃せば、また毎日魔法騎士団内を駆けずり回る日々に戻るのよ。イケメンと知り合っておいて損はないわ。あわよくば、そのイケメンに誰か紹介してもらって」

いろいろ言っているが、最後のひとことが本来の目的な気がする。

ナタリアはフィリスの腕を掴んだままずかずかと進んでいき、ひとりの男性の前で足を止めた。

「連れてきましたよ。えーっと……クレイ伯爵令息！」

名前を聞いて、フィリスは息をのんだ。

「ああ、ありがとう」

「では。一旦私はこれで。フィリス、頑張ってね」

フィリスがその男を前に固まっているうちに、ナタリアはいらない気遣いをしてさっさとどこかへ行ってしまう。

「……久しぶりだなぁ。フィリス」

にやりと意地の悪い笑みを浮かべる金髪の男は、ラウル・クレイ。フィリスをこっぴどく捨てた、元婚約者だった。

「どうして、ラウル様が？」

なにを目的として呼び出したのか、フィリスは身構えて警戒心をあらわにする。

「以前の社交場で騎士の友人ができてね。そのツテで参加させてもらったんだ。そうしたら君がいるからびっくりしたよ。さっきの彼女から聞いたが、魔法騎士団で働いてるんだって？」

婚約破棄後、フィリスの情報はなにひとつラウルに伝えていなかった。

「出稼ぎで王都に来ているとは噂で聞いたが、ずいぶんいいところに就職できたんだな。……ドレスもなかなかいいものを着ている。見違えたよ」

なめるような視線に嫌悪感を覚える。さっさと会話を終わらせてここから立ち去りたいと、フィリスは強く思った。

「言いたいことはそれだけですか？　私、もう行きますね」

「おい待てって。お前、人の話も最後まで聞けないのか？　……はぁ。王都に出ても、田舎の空気を吸いすぎて、刺激を避ける退屈な女のままか」

皮肉めいた言葉に、フィリスはイラッとしてこめかみがぴくりと反応した。

「……お話があるなら、早めにお願いします」

「そう急くな。時間はまだたっぷりある。ゆっくりと久しぶりの再会を楽しめばいいだろう。余裕のないやつはモテないぞ」

楽しめる要素のない苦痛な時間を、引き伸ばしたいと思うはずがない。

（相変わらず嫌みったらしいわね。イラッとしてしまうのは、時が経ってこの鬱陶しさに対する耐性が薄れた証拠かしら）

ラウルに嫌みを言われるのには慣れていた。だがこの二か月——特に最近は、リベルトに甘やかされていた自覚がある。そのため、ラウルからのねちっこい嫌み攻撃に体が拒否反応を示しているのがわかる。

（どんな塩対応されても平気でいられた私って、結構重症だったのかも……？）

「おい、聞いてるのか」

ひとりで考え事をし、ラウルに返事するのを忘れていた。

ラウルはなにも言わないフィリスに不満を感じて眉をひそめている。

「聞いているので、用件をどうぞ」

あくまで他人行儀を崩さぬまま、フィリスは返事をした。ラウルはその態度に納得はしていないように見えたが、ようやく話を進める。

「フィリス。お前もここで次の婚約者を探しているのか？　ここにいる女たちは、みんなそれが目的だと聞いた」

「出会いを期待している方は多いかもしれませんが、私は違いますよ。今は仕事を頑張りたい時期なので、無理に探そうとは思っていません」

真面目すぎると思われそうなフィリスの返答を聞いて、ラウルは軽く鼻を鳴らし、片方の口角を上げて薄ら笑いを浮かべた。

「そんなに強がるなよ。恥ずかしがらずに、誰からも相手にされませんでしたって正直に言えば、まだかわいげがある」

「……はい。そうですね。誰にも相手にされていないので、出会いとかどうでもいいです」

まともに相手にするだけ時間の無駄だ。

好きに言わせて、この場を切り上げるのを優先にしよう。そう思い、フィリスはあえてラウルに同調した。その表情は、まさに〝無〟だ。

「そんなことだろうと思った。……はぁ。やはりお前は、僕がいないとダメみたいだな」

「……はい？」

消していた感情が、あまりに見当違いな発言をされたことにより呼び起こされる。

「婚約を結びなおしてやろう。……本当は、少し前からそうしてやるつもりだったんだ。それなのに、お前の家族ときたらお前の居場所を頑《かたく》なに伏せてくる。どうしようかと思っていたら、こんなところで再会できた。もはや運命だろう」

「いいえ。ただの偶然にすぎません」

こんな運命があってたまるかと、フィリスは笑顔で否定する。

（ラウル様と婚約を結びなおすなんて、死んでも嫌）

大体、よくもそんな戯言《たわごと》を自信満々に言えたものだ。家族も同じ気持ちだったからこそ、フィリスの居場所を伝えなかったに違いない。その時点で拒否されていると、大抵の人なら気づくというのに。

「遠慮するな。お前はたしかにぱっとしなかったが、今はそれなりによくなっている。社交場に連れていっても恥ずかしくない程度だ。そのかわいくない性格も、多少は目をつぶってやる」

「結構です。私、ラウル様とよりを戻す気はないです」

上から目線でつらつらとしゃべり続けるラウルに、フィリスはきっぱりと自らの意思を伝えた。なにを言ってくれても構わない。ただ、よりを戻すのはあり得ない、と。

「……知っているぞ。お前の実家、いろいろとまずい状況だってな。家計はすでに火の車だろう」

「……」

フィリスはなにも言わない。そうだったとしても、そんな状況に追い込みとどめを刺したのはラウルの婚約破棄だ。いったいどんな神経でキャロル家の話題を持ち出したのかと、フィリスはこれまで以上にラウルの人間性を疑った。

「僕と婚約を結びなおせば、またうちがサポートをしてやる。領地経営を手伝うだけでもいいぞ。ここよりもいい給料を出してやろう。お前も、お前の家族もいい加減、ラクして暮らしたいだろ？」

家族の話を出されるとフィリスが弱いのを知りながら、ラウルはわざとそう言った――かもしれないが、この発言は、フィリスにあることを勘づかせる決定打となってしまった。

「……ラウル様、もしかして、私の魔法が必要になりました？」

「なっ……！」

余裕たっぷりの顔に動揺が走る。淡々と人を攻めるのは得意な割に、自分が攻撃を受けるとすぐに顔に出るのはラウルの弱点といえるだろう。

（図星ね）

案の定、フィリスは真っ先にそう思った。

ラウルの実家、クレイ伯爵家の持つ領地のひとつには大きな畑があり、花畑もある。そう――彼に婚約破棄を告げられた、〝あの〟領地だ。

その領地の管理は、ちょうど二年ほど前に後継者となるラウルに一任されていたが、ラウルはご存じの通り歓楽街での遊びにハマり、管理をおざなりにしていた。

将来を支える妻として、フィリスも二年前からその土地の手伝いを任された。

ラウルが適当に仕事をしているせいか、領民たちも次第に怠惰になっていき――そんな状況下でも作物が実り、花が綺麗に咲き続けていたのは、フィリスが魔法で枯れたものを再生させていたからだった。

フィリスと婚約破棄をして、ラウルはようやくその事実に気づいたのだろう。放置しても領民がきっちり仕事をしていたわけではなく、フィリスがひとりでやっていたことだと。

「まさか、そんなわけありませんよね。失礼いたしました。だって、ラウル様はよくこうおっしゃっていましたもの。〝お前の魔法は、人を回復できない劣化魔法だ〟って」

散々罵られたのだ。忘れたくても忘れられない。

「劣化魔法が必要になるなんて、ラウル様に限ってありえないですよね？」

「そ、それは……いいや、あれは言葉の綾で」

「そうは聞こえませんでしたよ？　それに、キャロル男爵家の経済力も心配ご無用です。私もこうして仕事に就いておりますし……昨日届いた手紙には、お兄様の絵が高値で売れたとの報告もありました！　私のお兄様なら、きっとこのチャンスを活かすに違いありません」

ジェーノは魔物による辺境地襲撃事件から、真剣に芸術と向き合い始めたらしい。

力をつけて簡単に家族を守ってしまうリベルトを見て、守られるだけの自分がいかに情けないかを自覚したと、届いた手紙に書いてあった。

ジェーノは体が弱いため、激しく動くことはできない。そのため、リベルトのような屈強な騎士となり、家族を守ることはできないけれど――絵を描いて、大事な家族を支えたいと奮起したようだ。

その結果が出るのは早かった。意識を変えたジェーノの絵は、人の心に響いたのだ。

絵が売れれば、名も売れていく。モチベーションも上がり、そんなジェーノを見て父親もやる気を出している。

ラウルとの婚約破棄後の、葬式のような空気が笑い話になるくらい、キャロル男爵家はまさに〝いい感じ〟の一途をたどっているのだ。今さらラウルの手を借りる必要などない。

「お前らの家に金が入ってるなんて……聞いてないぞ、そんなの……！」

「それはそうでしょう。言っていませんから」

いっさいの関わりを断ったのは、ラウルのほうからだ。没落しかけた家にやっとツキが回ってきたのを、いちいち報告する理由がない。

「これからはラウル様が一生懸命、領民と力を合わせて作物や花を育ててくださいね」

「ふざけるな！　お前とて知っているくせに！　あいつらは作物や花が枯れたって、お前がなんとかすると思っている！　そのせいで腑抜けてしまい、きちんと仕事をしないんだ！」

「それを働かせるのが領主の仕事ではありませんか。それに、先に腑抜けたのはラウル様でしょう。領主が適当にしているから、こんな事態になってしまうんです。なめられているのなら、ちゃんと働かなければ追い出すくらいの威厳を見せつけないと……」

嘆いてばかりのラウルに、フィリスは苦言を呈する。

「してるけど、あいつら言うこと聞かないんだよ。出ていかれたら、税金をもらえなくなってこっちが困るだけだ……！」

愚痴ばかり垂れるラウルを見ていると、フィリスの心まで疲弊してくる。

都合のいい言葉を並べて復縁を申し込みながら、結局は自分のことしか考えていない。魔法もあれだけ馬鹿にしておいてひとことも謝らず、それなのにその魔法を欲しいがためにまたフィリスを手に入れようとするなんて馬鹿げた話だ。

「フィリス。頼むよ。悪いようにはしない。お前が僕の言うことを聞いてくれるなら、次はちゃんと女として愛してやるさ」

「……結構です。お引き取りください」

誰がラウルからの嘘まみれの愛に魅力を感じるのだろうか。愛されなかったことに不服を抱いていると勘違いされているなら、それは大きな間違いである。フィリスは一度だって、ラウルの愛を欲したことはない。大好きな家族のために、冷えきった婚約関係を続けようと努力しただけ。

「お前、案外頑固だな。もっと聞き分けのいいやつかと思っていたのに……実に残念だ」

フィリスなら喜んで復縁を受け入れると思っていたのか、ラウルは思い通りにいかない現状に静かな怒りを見せた。

一歩、また一歩と、ラウルがゆっくりと距離を詰めてくる。後ずさろうにも、人がいて動けない。

噂好きの貴族たちが食いつきそうな、滑稽な復縁話も、クラシックの音楽と喧騒によって誰の耳にも入っていない。

「……お前がそんなだから、実家が魔物に襲われるんだ」

耳もとに寄せられる唇から発せられた低音は、フィリスの目を大きく見開かせる。

はっと顔を上げると、ニタニタと憎たらしい笑顔を浮かべ、ラウルがこちらの反応を楽しんでいるように見えた。

「まさか……ワイバーンはあなたが……？」

「さあね。まあ、社交場にはいろんな出会いがあるし、世の中には金で動く人間がいっぱいいる。その気になればどうとでもできるかもな」

「やっぱりあなたなのね……！　あの辺は、あなたたち伯爵家の領地もあったでしょう！　自身が守るべき領民を危険にさらすなんて信じられないわ！　領主失格よ！」

怒りがこみ上げて、ついに我慢の限界を超えた。だが、ラウルにはなにも響いていないようだ。

「それに私たちの家だって……もし屋敷が襲われたら、どうなっていたか……！」

「そうなれば、お前は僕に頼るしかなかっただろうな。残念だよ」

フィリスの魔法が使えると知ったら、なんとしてでも手に入れようとする。そこまで狡猾《こうかつ》な男とは思ってもいなかった。

「下手をすれば命にも関わっていたのに……」

「大袈裟だな。ワイバーンは頭が悪い魔物だ。せいぜい建物を壊すとか、そのくらいの被害で済んだだろう」

「あなたは実際に見ていないから、そんな軽口が叩けるんです！　……信じられない。私、二度とあなたの顔も見たくありません！」

さっきの口ぶりからして、誰かに依頼して魔物を屋敷の付近によこしたのだろう。自分は魔物と対峙もしていないくせに、あまりにも考えが軽率すぎる。

「そうか。それは困ったな。……なにか別のやり方で、お前に言うことを聞かせるしか……。たとえばここでキスをして、既成事実でもつくってしまうか？」

「や、やめてください……！」

強引に顎を掴まれて、フィリスは必死に顔を背けようとする。

本気か冗談かわからない。ただひとつ確信できるのは、ラウルがフィリスを弄び、楽しんでいるということだけ。

視線が交わることを強要された瞳で、ラウルを思いきり睨みつける。もし唇を重ねてきたら、思いきり噛みついてやる。

その覚悟を決めたそのとき、ぐいっと後ろから腰を引き寄せられ、温かなぬくもりに包まれた。その拍子に不愉快な手も離れていく。なにが起きたかわからず、フィリスは一連の流れが全部スローモーションに見えた。

「フィリス」

「リ、リベルト様……⁉」

背後から聞こえる声は、フィリスに安心感を与えたが、どこか怒っているようにも聞こえた。

「俺以外の男と距離が近すぎないか。心臓が止まるかと思った」

「え、私、今怒られてます？」

「ああ。……ん？　もしや、これも試し行為だったのか？」

リベルトはひとりでよくわからないことをぼやいている。その間も、腰を抱く手の力は弱まらない。

「この男は何者なんだ。知り合いか？」

リベルトがラウルをじっと睨みつける。

「はい。……元婚約者の、ラウル・クレイ伯爵令息です」

「元婚約者……へぇ。こいつが」

「お、お前こそ何者なんだ」

ものすごい眼力で睨まれて、たじろぎながらもラウルが言い返した。

「リベルト・ノールズ。魔法騎士団の副団長だ」

「副団長⁉　しかも、エリートの魔法騎士団だって……⁉　なぜフィリスがそんなお方と……」

ラウルの顔色がおもしろいくらいみるみる曇る。フィリスにちょっかいを出す男などたかが知れていると、リベルトを軽んじていたに違いない。

「なんだっていいだろう。君に関係ない。それで、フィリスになんの用だ？」

「それを言うなら、僕だってあなたとはなんの関係もありませんので、教えません」

都合が悪くなったラウルが、この場から逃げようとしているのをフィリスは察する。

「いいえ。おふたりは間接的に関係ありますよ。事件を起こした犯人と、解決に導いた先導者っていう」

「おいフィリス、適当なことを抜かすな」

「……どういうことだ？」

後ろから腰を抱く手がするりと離れ、リベルトはフィリスの隣に立った。

「先日の辺境地襲撃の件、彼がお金を払って誰かに頼んでやらせたんだと思います。私の屋敷に被害を負わせて、領地経営に必要な植物回復魔法を取り戻すのが目的だったに違いないかと――」

「フィリス！」

明らかに焦った様子で、ラウルが大きな声を上げる。

それによって逆に注目を浴びてしまい、ラウルは我に返ると何事もなかったかのようにへらへらと笑って周囲の視線をごまかした。

「今の話……本当か？」

「さあね。知らない」

「調べたらいずれ足がつくぞ。正直に答えたほうが身のためだ」

「知らないって言ってるだろう。証拠を持ってきてから言ってくれ。言っておくが、僕は手を下していない」

（……指示しただけで、あくまで実行犯でないと言いたいのね）

そんな言い訳を許す気もなく、リベルトの前でしらを切るラウルに、フィリスが勢いよく前に出た。

「さっきの発言が証拠ではないですか！　私を脅しましたよね⁉」

「言った言ってないの水かけ論はしたところで意味がないぞ。仮に言っていたとして、お前以外の誰かがそれを聞いていたのか？」

「それは……！」

「お前だけに聞こえた言葉が、証拠になるわけないだろう」

言いよどむフィリスを見て、ラウルは勝ち誇ったように笑った。

「……君はすごいな」

感心したように、リベルトがぽつりと呟く。

「魔法騎士団の副団長に褒めてもらえるなんて光栄だよ」

用意周到さを褒めてもらえたと、ラウルは思っていそうだ。

「ああ。すごい。ここまで頭が悪いやつは俺の周りにはいなかった」

「はっ⁉」

「新種の魔物に出会った気分だ。とはいっても、まったく気持ちは高揚しないが」

いい意味で褒められていたわけではないと知り、ラウルが素っ頓狂な声を上げる。

あまりにもかっこ悪い元婚約者の姿に、フィリスは心底呆れていた。

「あの事件が起きた日、俺たちは調査でワイバーンの奇妙な死体を見つけた。ほかの団員たちはあまり気に留めていなかったが、俺はしっかりと、魔物の皮膚に付着した剣の金属片と、傷の形状から戦闘スタイルを割り出して、容疑者のあたりをつけていた。……金属片は市場に出回らない特殊な素材。……金を払えばなんでもする、一部の傭兵《ようへい》がよく使っているものだ」

「じゃ、じゃあ、その傭兵がむしゃくしゃしてやったんだろ。全部事故なんじゃないか?」

「その可能性があると思って、あまり大ごとにするなと言われていた。怪我人もゼロだったしな。だが、意図的に起こした事件となれば話は変わる。……ちょうどいい。君に教えてあげよう」

額に汗を滲ませるラウルを、リベルトが上から冷たく見下ろす。

「犯人の傭兵を特定したら、まず口を割らせるんだ。ほかに協力者はいたのかと。金を受け取る際になにがあっても口を割らないと契約していても、ほとんどのやつは自白する。なぜならそれはもうむごたらしい拷問を受けるからだ」

「……!」

「当然、そこで名前があがったやつは犯罪者として牢に入れられる。だがな、まだ罪を軽くできる逃げ道はあるぞ。自首するんだ。そうしたら、事情を考慮されて処罰が軽くなるかもしれない」

「だから、僕はやっていないと……！」

洗脳のように囁くリベルトに、ラウルは両手で頭を抱えている。

「そうか。ちなみにもうひとついい情報を教えよう。……こういう慰安会でも、怪しげな投資話や取引が裏で行われていた前例があってな。数年前から、防犯のためにすべて映像魔法によって記録されているんだ」

（……そうだったんだ）

フィリスも初耳だった。関係者の一部にしか知らされていないのだろうか。

「凄腕《すごうで》魔法使いの映像魔法は精度が高い。なんせ、音声まで逃さず記録している。どんなに小さな声で行われた会話でも、一言一句逃さずに、な」

それは、フィリスに向けた脅しも記録されているということだ。頭が悪いとお墨付きのラウルも気づいたようで、彼の顔は一瞬で蒼白になった。

「言葉は証拠になる。覚えておくんだな。……二度とフィリスに近づくな。下衆野郎」

最後になにを言ったのか、フィリスにはよく聞こえなかったが、ラウルがなにかに怯《おび》えているのはわかる。そんな彼の姿を見ても、かわいそうとは微塵《みじん》も思わない。

「フィリス……僕を助けてくれ」

膝をつき、散々馬鹿にした相手にすがりつく元婚約者はひどく滑稽で、見るにたえない。フィリスは目線を逸らすと、ひとことだけラウルに伝える。

「さようなら。クレイ伯爵令息」

もう、名前で呼ぶこともない。そして本当に事件を起こした犯人だったなら、一生許すこともない。

「……行こう。フィリス」

リベルトに肩を抱かれて、フィリスは会場から出ていった。

8　君に似合う色

　慰安会を抜けたふたりは、ひとけのない王宮の庭を散歩していた。

　夜風にあたると、次第に頭が冷静さを取り戻していく。

「フィリス、大丈夫か？」

　言葉数が少ないフィリスの顔を、リベルトが心配そうに覗き込んだ。

「はい。リベルト様……来てくれてありがとうございます」

「いや。出すぎた真似をしたならすまない。どうしても我慢できなかった」

「いいえ。来てくれて嬉しかったです」

　フィリスが足を止めると、リベルトも同じように立ち止まる。空はすっかり暗くなり、星が見守るように輝きを放っていた。

「……私のせい、ですよね」

「……？　なにがだ」

「実家が襲われそうになった原因です。私のせいで……家族や、辺境地に住むみんなを危険にさらしてしまった」

いちばん悪いのはラウルだとわかっている。しかし、ラウルがそういった行動をとったのは、領地経営を円滑に進めるために必要なフィリスを再度手に入れるため。

(私がきちんと領民を説得して、作業をやらせるべきだった。魔法を使わなければ、魔法に頼られることもなかったのに)

当時のフィリスはずっと、自分の回復魔法が役立つ場所を求めていた。劣化魔法と言われ続けて、少なからずコンプレックスを抱いていたからだ。

だから魔法で作物や花を回復させて、役に立てるのが嬉しかった。それがまさかこんな事態を引き起こすなんて……フィリスは軽率だったと後悔する。

「君のせいじゃない。この事実を知ったとしても、君の家族は俺と同じことを言うだろう」

「でも……もし今後、またラウル様が復讐でもしてきたら……」

「大丈夫。あいつはもう、悪さをする度胸なんて残っていない。それに……フィリスには俺がついている」

リベルトは力なく垂れさがるフィリスの手を取ると、大きな手で優しく包み込む。

「この先なにがあっても、必ず俺が君を守ると誓う」

だから安心してほしい。

リベルトは落ち込むフィリスを勇気づけるように、目を細めて微笑んだ。

「……あ、あの花……」

そう言って、リベルトの視線が、フィリスの向こう側へと移る。

振り向くと、庭に咲く花が枯れているのを見つけた。フィリスは黙って花の近くまで行くと、しゃがんで魔法を発動する。

しおれた花は上を向き、月明かりを浴びてまた輝きだした。

「やはり、素敵な魔法だ」

その過程を見守っていたリベルトが、フィリスの隣に屈んで花を見つめる。

「人は回復できませんけどね」

「それはほかにもできるやつが何人かいる。だけど、君の魔法は珍しい。植物たちにとってはフィリスが救世主だ」

苦笑するフィリスを、リベルトが肯定してくれる。それだけでフィリスはとても満たされた気持ちになった。

特別な眼差しを向けて、特別な言葉をくれる。そんなリベルトに、フィリスは強く心を揺さぶられていく。

「……さっきは、君を困らせて悪かった」

「……え？」

そういえば、リベルトとは気まずい空気になっていたのを今さら思い出す。

「あの後エルマーに怒られた。俺は最初、君にひどい態度をとっていたのに、好きになったとたんに求めすぎだと」

その言葉が結構効いたのか、リベルトは自嘲する。

「誰かを好きになるなんて初めてで、想いが止められなかった。……フィリスにとって、俺はマイナスからのスタートかもしれない。でも、君が俺だけを見てくれるようになるまで諦めない」

最初はあんなにぼろぼろだったリベルトが、今日はよそ行き仕様なのも相まって、おとぎ話の王子様のように見える。

「……マイナスなんかではありません。ほかとは違うリベルト様だったからこそ、惹かれた部分はたくさんあります。前も言いましたよね。あなたはそのままで、じゅうぶん素敵だって」

奇人といえば間違いないし、その行動には幾度となく驚かされた。

だけどそんなリベルトだからこそ放っておけず、目が離せない存在になったのだ。

今思うと世話好きのフィリスと、ひとりではまともな生活も送れなかったリベルトは、相性がよかったのだろう。

「……私こそごめんなさい。リベルト様。ほかの女性と話すよう促したのには、理由があるんです」

もう嘘をつけないと判断したフィリスは、アルバに頼まれてリベルトの婚約者探しを手伝っていた旨を打ち明けた。

「そういうことか……まったくアルバ団長はよけいな真似を……」

「私が断らなかったのが悪いんです。……できもしないことを、簡単に引き受けてはいけませんね」

「……フィリスは、俺にほかの女性と婚約してほしいと思っているか？」

リベルトはじっとフィリスを見つめ、優しい声で問いかける。フィリスがゆっくりと首を振ると、リベルトは小さな笑みをこぼした。

「知ってた。もしてほしいと言われても、絶対にその頼みは聞いてやらない」

折っていた膝を起こし立ち上がると、リベルトはフィリスに手を伸ばす。

その手を取ってフィリスも立ち上がると、そのままリベルトの胸に引き寄せられた。

力強い抱擁が、言葉がなくとも好きだと伝えてくれている。

「安心しろ。俺が結婚したいのはフィリスだけだ」

「……私はリベルト様に釣り合うような相手ではないですが、いいんですか？」

「言っただろう。君に釣り合う男になってみせると。フィリスがいてくれたら、俺はまだまだ強くなれる」

（いや……私が釣り合う女性になる側なんだけど……なんでそうなるのかしら。まぁ、いいか）

リベルトの中では、フィリスが釣り合わない相手という考え自体がないようだ。それはそれで、フィリスは嬉しかったりする。

「それと……ドレス以外にも、君に用意していたものがあるんだ」

リベルトはジャケットのポケットから、小さな箱を取り出した。

なんだろう？　フィリスがそう思っていると、リベルトはぎこちない手つきで箱を開封する。

「！　……これって」

箱の中には、紫色のリボンが入っていた。

「渡すのが遅くなってすまない。プレゼントなんて初めてで、気に入ってもらえるかわからないが……フィリスさえよければ、明日からバッジではなく、このリボンをつけて仕事をしてくれないか？」

アルバが最初に言っていた。

『主人が自分のカラーのリボンやネクタイを使用人に渡して身につけさせ、専属の証とする』と。

リボンを見るまですっかり頭から抜けていたし、まさかリベルトからもらえる日がくると思っていなかった。

「ありがとうございます」

フィリスは箱を受け取ると、瞳を輝かせて真新しいリボンを見つめる。柔らかな光沢を放つ細めのリボンは、襟もとにつけると一気に優雅な雰囲気を添えてくれそうだ。

それに――。

「紫色……リベルト様の瞳と同じ色ですね」

「……ああ。一応、ほかの誰ともかぶっていないことを確認した。そもそも、専属をつけているやつはほとんどいないがな。……君にも似合う色だと思う」

顔をほのかに赤らめて、リベルトは控えめに言葉を漏らした。

(嬉しい。すっごく、想像以上に嬉しい)

リボンを眺めていると言いようのない気持ちがこみ上げてくる。リベルトに認められた喜びももちろん大きいが、それ以上に、彼に対する愛おしさが止まらない。

「リベルト様。私、もうすでに、あなた以外の男性を見ることはできなさそうです」

「……フィリス？」

「つまり、ええっと……私も好き、です」

こんなに素敵なプレゼントをもらっておいて、なにもお返しができていない。この状況でフィリスができる最大のことは、素直な気持ちを伝えてあげることだろう。

外に出て体温は下がったはずなのに、会場にいたときよりも体が熱い。羞恥とたかぶる熱に耐えながら、フィリスは言う。

「これからも、一緒にいてくださいね」

おずおずと背中に腕を回し、リベルトを抱きしめる。リベルトは一瞬驚き、そしてすぐに幸せそうに目尻を下げた。

「もちろん。一生離さない。……俺を好きになってくれてありがとう」

フィリスの額に、リベルトのキスが落とされる。そのまま頬にも口づけられると、リベルトが切なげに吐息を漏らして言う。

「キスがしたい」

「い、今したじゃないですか」

「それとは違う。……わかってるだろ？」

リベルトの右手が肩から首筋へ、そして頬にそっと触れる。見続けると溶けてしまいそうな眼差しに、いよいよフィリスは観念した。

「そういうのは、いちいち聞かなくていいんです」

「そうか。勉強になった」

フィリスも経験がないため知らないが、照れ隠しからそう言った。

そっと上を向かされて、リベルトの顔が近づいてくる。

「……好きだ」

唇が触れる直前に、リベルトの囁きが甘く耳に響いた。

（私も、好き……）

直後にキスをされその言葉は声に出せなかったが、きっとリベルトに伝わっているだろうとフィリスは思う。

唇が離れ、キスの余韻に幸せを噛みしめながら、フィリスは冗談混じりに呟く。

「ここが会場だったら、映像魔法に今のも記録されちゃってましたね」

「……映像魔法。ああ。あれははったりだ」

「……え!?」

驚いて、胸に埋めていた顔を離す。

「会場全体を記録できるような魔法は現段階では存在しない。ただ、ワイバーンから特殊な素材の金属片を回収したのは本当だ。……容疑者は絞り込めていなかったがな」

なんにせよ盛大に脅しておいたから自首するだろうと、リベルトは冷静に言い放つ。

（あんなに堂々とはったりをかましていたなんて……さすがリベルト様……）

あの場でリベルトが機転を利かせてなかったら、ラウルには完全に逃げられていただろう。

「どちらにしろ、もう会場には戻らなくていいだろう」

「いいんですか？　まだまだ慰安会は続くのに」

「ああ。俺はフィリスとふたりで過ごせたらそれでいい。……それに会場に戻ると、君はキス《これ》を許してくれないだろ？」

不意打ちにもう一度キスが降ってくる。聞かなくていいと言ったのはフィリスだが、突然されるとドキッとして心臓がもたない。

「……はぁ。ダメだ。止まらなくなる」

「リベルト様、魔法騎士団で色ボケは厳禁ですよ？」

「大丈夫。俺は仕事をおろそかにはしない。……それに、今日は互いにプライベートだ」

幸せそうに笑うリベルトを見ると、言いようのない愛おしさがこみ上げる。

フィリスも熱に浮かされて、今日くらいは彼の好きにされていいかな、なんて思ったりした。

9　あなたのもの

「フィリスくん！　ほんっとうに申し訳なかった！」

慰安会の翌日。フィリスはアルバから呼び出されて何度も謝罪を受けていた。

アルバは昨日デーヴィッドと酒を飲んでいたようで、酔いが回ったタイミングで、フィリスにリベルトの婚約者探しを頼んだ話をうっかりしてしまったらしい。

「デーヴィッドにめちゃくちゃ怒られたよ。リベルトの好きな人はフィリスくんなのに、なにを考えているんだって。君たちふたりの恋路の邪魔をするなってさ。あいつがなんでそんなことを知っていたかは謎だが……」

（……デーヴィッド様、馬車での話を聞いてたのね）

会話を聞かれていたと思うと、次回デーヴィッドに会うのが恥ずかしくなる。

「気にしないでください。私も引き受けちゃったので……」

「いやいや。私があまりに鈍感すぎた。今朝リベルトにも君との関係を確認させてもらったよ。でも、これで一安心だ！　無事あいつの結婚が決まったんだからな！」

これからも末永くリベルトを頼むぞ！と、アルバに肩をぽんっと叩かれ、フィリスの思考が停止する。

「アルバ団長、待ってください。私たち、まだ婚約すらしていないのですが？」

互いに好きだと伝えあい、リベルトはフィリスと結婚したいと言った。それだけだ。両家に挨拶もしていない。

「……リベルトはフィリスくんと結婚すると言っていたが？」

話が飛躍しすぎだと、フィリスは魔法騎士団へ来て何度目かわからないため息をついた。

「わかりました。後でリベルト様と話し合っておきます」

「おお。よろしく頼む。いやぁ、まさかフィリスくんとリベルトがそういう関係になるとは、感慨深いなぁ……」

アルバは嬉しそうだ。フィリスをリベルトの世話係に任命したのはアルバのため、思うことはいろいろあるのだろう。リベルトと引き合わせてくれたことに関しては、フィリスも感謝していた。

「あ、そういえば、フィリスくんの田舎を魔物が襲った件に進展があったようだ。どうもあれは事故でなく事件だったようで……犯人が自首したらしい。近くに領地を持つ伯爵令息だったと聞いたよ。物騒なことをするもんだ」

領地剥奪と、追加でなにかしら処罰を受けるだろうとアルバは言っていた。その伯爵令息がフィリスの元婚約者だとは思いもしないだろう。

話を聞いて、フィリスはリベルトの脅しが効果てき面だったのを実感する。

(人を傷つけたり、悪い行いをすれば必ず報いを受けるのね)

心のどこかにずっとたまっていたわだかまりが、ようやくすぅっと解けていくのを感じた。


「リベルト様、アルバ団長に変なこと言わないでください」

話が終わりリベルトの部屋へ行くと、開口いちばんにフィリスは言う。

「フィリス、おかえり。……変なことって?」

リベルトは執務の手を止めて立ち上がると、戻ってきたフィリスの肩に顔を埋めた。

昨日の夜からずっとこんな感じで、疲れていないときでも挨拶のように抱擁してくる。

「私たち、正式な婚約も交わしてないですよね? それに今すぐ結婚というのは、現実的に難しいですよ」

「ああ、そのことか。わかってる。俺だってすぐとは言ってない。……でも、婚約は近いうちに交わすだろう？」

「……そ、それは」

「ダメか？」

戸惑ったように眉を寄せ、少しかすれた声で懇願するかのようだ。リベルトの完璧に整った顔がほんのわずかに不安で曇る。

（～～～！　その顔はずるい！）

こんなの断れるか！と、フィリスは半ばやけくそになる。

「……わかりました。でも、まずはお互いの家族に挨拶をしてからですよ」

キャロル男爵家は問題ないが、リベルトの両親がフィリスを認めてくれるかがわからない。しかし、共にいると決めたなら、認めてもらえるような人間になれるよう努力するのみ。

「わかった。……楽しみだ。君と婚約を交わすその日が」

リベルトは心配よりも期待が勝っているようで、その姿を見ているとフィリスも前向きな気持ちになれる。

しばらくは恋人同士――ということになるが、同時に主と世話係という関係性も、当然継続されていく。

「では、今日も仕事を頑張りましょうか」

フィリスの言葉にリベルトは頷いて、執務机へと戻っていった。


――ふたりが仕事に戻り、二時間が経った頃。

時計を見て、もうすぐ昼食の時間だと確認する。フィリスはベッド横のサイドテーブルの埃を羽根型の小さな箒《ほうき》で払いながら、突如襲ってきた眠気に意識がぼんやりとしていた。

(昼食を軽めに済ませて、休憩時間にちょっとだけ寝よう……)

伸びをした拍子に、自然とあくびが出た。

実は、昨日の慰安会後、リベルトとのやり取りを思い出して目が冴えてしまい、ほとんど眠れなかったのだ。

「眠いのか？」

背後からリベルトの声が聞こえる。あくびをしている姿を見られたらしい。フィリスは慌てて箒を持っていない左手で口を塞いだ。

「ごっ、ごめんなさい。仕事中なのに」

「気にするな。眠かったら俺の部屋で寝ててもいい」

「ベッド以外で寝ちゃったら、リベルト様がまたベッドに運んでくれますか？」

ここへ来たばかりの頃、寝落ちしたフィリスをリベルトがベッドに移動させてくれたのを思い出す。

「ああ……しかし、前みたいにはいかないかもな」

「きゃっ……！」

箒がカランと落ちる音が聞こえ、気づけばフィリスはベッドに背中を沈めていた。

押し倒されたのに気づいたのは、意地悪な笑みを浮かべたリベルトに視界を独占されて数秒後のことだ。

「今、俺の部屋で無防備に寝られたら、なにもしないとは言いきれない」

しっかりとフィリスの顔の横に両手をついて、リベルトは逃げ道をなくしている。

「……寝る前からしているじゃないですか」

「まだしていない。……今からするんだ」

「待っ――」

待って。言い終わる前に、リベルトがフィリスの口を塞いだ。昨日あれだけキスをしたのに、リベルトはまだ足らないようだ。

（もしかして、リベルト様ってハグ魔でキス魔？）

何度も降り注ぐキスに瞳を潤ませて、フィリスはそう思った。でも、リベルトに求められるのは素直に嬉しい。

「ふ、はぁっ……リベルト様、私、あなたになにをされてもいいですよ」

唇が離れ、フィリスは甘い吐息を吐くと、頬を赤らめてにこりと笑った。

「……煽るな。俺は君を、大切にしたいんだ」

「じゃあ、大切にしてください」

「……そう言われるとなにもできなくなる。……これも君の策略か？」

「ふふ。どうでしょう」

「俺を罠にはめるとは、いい度胸だ」

リベルトの表情と声色は、さっきから変わらずずっと優しい。

フィリスは世話係として、リベルトの新たな一面をいくつも見いだしてきた。

でも、恋人の自分の前でだけ見せるこの姿だけは……ほかの誰にも教えないでいようと心に決める。

リベルトはフィリスの胸もとにつけられた紫色のリボンを手に取って、愛おしげにそれを眺めた。

「似合ってる。つけてくれてありがとう」

フィリスがリベルトの専属だという証しが、胸もとで誇らしげに存在を主張している。

「リベルト様、私はあなたのものです」

このリボンが、フィリスにそういった意味を与えてくれた。

その喜びを伝えれば、リベルトの顔にもふわりと幸せそうな微笑みが広がる。

「……俺も君だけのものだ。フィリス」

垂れ下がるリボンを指で掬《すく》うと、リベルトはその先端にそっとキスを落とした。

END

あとがき

瑞希ちこです。このたびは本作をお読みいただき、ありがとうございました！

世話好きフィリスと仕事人間リベルトの恋模様、楽しんでいただけましたでしょうか？　本作のヒーロー、リベルトは、間違いなく私の作品の中でいちばんの難ありヒーローだったと思います。もちろん、いい意味で、です！

今回は、段々と互いに惹かれ合っていく部分をじっくり書きたいなと思い、そこを意識して物語を作りました。結果、フィリスがリベルトに振り回されまくってしまったのですが……（笑）

リベルトが〝普通〟に近づいていく様子を、皆様も楽しんでいただけたら幸いです。でも結局、フィリスとリベルトは個性強めなカップルとして、今後もなにかしら周りを巻き込んでいきそうな予感……。

ラウルが退場した今、周囲にはかなり恵まれているので、なにか起きても誰かが助けてくれるでしょう。

個人的に、今回はサブキャラクターたちも含めてみんなお気に入りです。ジェーノも愛おしいし、デーヴィッドも憎めないし……。皆様のお気に入りも、本作で見つかっていたら嬉しいなぁと思います。欲を言えば、結ばれてからの完全プライベートでのフィリス&リベルトを書きたい～と思うのですが、魔法騎士団が舞台だからこそ、おもしろく書ける部分もたくさんありました。

ここからはお礼を。編集様、編集協力様。今回もありがとうございました。最大限までキャラクターたちの魅力を引き出してくださり、私も彼らの新たな一面に気づかされました。最初から最後まで、とても楽しく執筆ができました。

カバーイラストを担当してくださった笹原《ささはら》先生。

素晴らしいイラストをありがとうございます！　私の作品で笹原先生が担当してくださったのは二度目なのですが、今回もラフ画から大興奮でした。

そのほかにも、関わってくださったすべての皆様に感謝いたします。

読者様。リベルトに振り回されたくなったら、また二度でも、三度でも楽しんでもらえたら幸いです。最後には糖度高めの胸きゅんをお約束します。これからも皆様をどきどきさせられるよう頑張るぞー！

瑞希《みずき》ちこ

瑞希ちこ先生への
ファンレターのあて先

〒104-0031
東京都中央区京橋1-3-1
八重洲口大栄ビル7F
スターツ出版株式会社　書籍編集部　気付

瑞希ちこ先生

本書へのご意見をお聞かせください

お買い上げいただき、ありがとうございます。
今後の編集の参考にさせていただきますので、
アンケートにお答えいただければ幸いです。

下記URLまたは二次元コードから
アンケートページへお入りください。
https://www.ozmall.co.jp/enquete/IndexTalkappi.aspx?id=2301

ベリーズ文庫

塩対応な魔法騎士のお世話係はじめました。ただの出稼ぎ令嬢なのに、重めの愛を注がれてます!?

2024年12月10日　初版第1刷発行

著　者　瑞希ちこ
　　　　©Chiko Mizuki 2024

発行人　菊地修一

デザイン　カバー　アフターグロウ
　　　　　フォーマット　hive & co.,ltd.

校　正　株式会社文字工房燦光

発行所　スターツ出版株式会社
　　　　〒104-0031
　　　　東京都中央区京橋1-3-1　八重洲口大栄ビル7F
　　　　TEL　03-6202-0386（出版マーケティンググループ）
　　　　TEL　050-5538-5679（書店様向けご注文専用ダイヤル）
　　　　URL　https://starts-pub.jp/

印刷所　大日本印刷株式会社

Printed in Japan

乱丁・落丁などの不良品はお取替えいたします。
上記出版マーケティンググループまでお問い合わせください。
定価はカバーに記載されています。

ISBN 978-4-8137-1676-1　C0193

ベリーズ文庫　2024年12月発売

『覇王な辣腕CEOは取り戻した妻に熱烈愛を貫く【大富豪シリーズ】』紅《くれない》カオル・著

香奈は高校生の頃とあるパーティーで大学生の海里と出会う。以来、優秀で男らしい彼に惹かれてゆくが、ある一件により、海里は自分に好意がないと知る。そのまま彼は急遽渡米することとなり――。9年後、偶然再会するとなんと海里からお見合いの申し入れが⁉　彼の一途な熱情愛は高まるばかりで…！

ISBN 978-4-8137-1669-3／定価781円（本体710円＋税10%）

『双子の姉の身代わりで嫁いだらクールな氷壁御曹司に激愛で迫られています』若《わか》菜《な》モモ・著

父亡きあと、ひとりで家業を切り盛りしていた優羽。ある日、生き別れた母から姉の代わりに大企業の御曹司・玲哉とのお見合いを相談される。ダメもとで向かうと予想外に即結婚が決定して⁉　クールで近寄りがたい玲哉。愛のない結婚生活になるかと思いきや、痺れるほど甘い溺愛を刻まれて…！

ISBN 978-4-8137-1670-9／定価781円（本体710円＋税10%）

『孤高なパイロットはウブな偽り妻を溺愛攻略中～ニセ婚夫婦⁉～』未《み》華空《はなそら》央《お》・著

空港で働く真白はパイロット・遥がCAに絡まれているところを目撃。静かに立ち去ろうとした時、彼に捕まり「彼女と結婚する」と言われて⁉　そのまま半ば強引に妻のフリをすることになるが、クールな遥の甘やかな独占欲が徐々に昂って…。「俺のものにしたい」ありったけの溺愛を刻み込まれ…！

ISBN 978-4-8137-1671-6／定価770円（本体700円＋税10%）

『俺の妻に手を出すな～離婚前提なのに、御曹司の独占愛が爆発して～』惣領《そうりょう》莉《り》沙《さ》・著

亡き父の遺した食堂で働く里穂。ある日常連客で妹の上司でもある御曹司・蒼真から突然求婚される！　執拗な見合い話から逃れたい彼は1年限定の結婚を持ち掛けた。妹にこれ以上心配をかけたくないと契約妻になった里穂だったが――「誰にも見せずに独り占めしたい」蒼真の容赦ない溺愛が溢れ出して…!?

ISBN 978-4-8137-1672-3／定価792円（本体720円＋税10%）

『策士なエリート御曹司は最愛妻を溢れる執愛で囲う』きたみ　まゆ・著

日本料理店を営む穂香は、あるきっかけで御曹司の悠希と同居を始める。悠希に惹かれていく穂香だが、ある日父親から「穂香との結婚を条件に知り合いが店の融資をしてくれる」との連絡が。父のためにとお見合いに向かうと、そこに悠希が現れて⁉　しかも彼の溺愛猛攻は止まらず、甘さを増すばかりで…！

ISBN 978-4-8137-1673-0／定価770円（本体700円＋税10%）